Wolfgang Böhm • Otmar Lahodynsky

EU for YOU!

So funktioniert die Europäische Union

G&G

www.ggverlag.at

ISBN 978-3-7074-2188-0

8. neu überarbeitete und erweiterte Auflage

In der aktuell gültigen Rechtschreibung
Umschlagfoto: oneinchpunch/Essentials Collection/iStock.com
Foto Seite 9: Philippe Samyn and Partners architects and engineers – lead and design Partner Studio Valle Progettazioni architects Buro Happold engineers
Der Verlag hat sich bemüht, alle Rechteinhaber ausfindig zu machen. Sollten trotzdem Urheberrechte verletzt worden sein, wird der Verlag nach Anmeldung berechtigter Ansprüche diese entgelten.
Druck: Finidre, s.r.o., Tschechien

Zum Geleit

„EU for you" – die Jugend ist Europas Zukunft! Dies gilt umso mehr angesichts der Herausforderungen, die auf Ihre Generation zukommen: Kein europäisches Land allein ist einflussreich genug, um den Klimawandel zu stoppen oder im weltweiten Wettbewerb der Digitalisierung zu bestehen. Deshalb ist aktueller denn je, was Paul Henri Spaak damals als einer der Gründerväter Europas gesagt hat: „In Europa gibt es nur zwei Typen von Staaten: Kleine Staaten – und kleine Staaten, die noch nicht verstanden haben, dass sie klein sind."
Bei der Bewältigung dieser Herausforderungen ist daher nicht nur das Engagement der Mitgliedstaaten, sondern aller BürgerInnen notwendig. Denn Europa sind wir alle. Der Aufruf zur Mitgestaltung richtet sich insbesondere an die Jugend, denn heute werden die Grundsteine für Ihre Zukunft gelegt.
Voraussetzung für diese Mitgestaltung ist die Kenntnis der Grundlagen der Union und ihrer Entscheidungsprozesse. Ich bin daher Wolfgang Böhm und Otmar Lahodynsky sehr dankbar für die Initiative, ein kenntnisreiches und gut lesbares Lehrbuch über das Funktionieren der Europäischen Union verfasst zu haben. Und ich hoffe, dass mein Wunsch, Europainformation als fixen und eigenständigen Bestandteil in den Lehrplan zu verankern, sich in naher Zukunft verwirklichen wird. Denn – und das gilt für alle Mitgliedsländer – es gibt kaum einen Lebensbereich, der nicht von der EU geprägt ist.
„EU for you" leistet einen wichtigen Beitrag zu dieser so wichtigen EU-Bildung, indem es die Voraussetzung für einen lebendigen und relevanten Unterricht schafft. Danke auch an den Verlag, der die Verbreitung des Buches, das mittlerweile in vier weiteren Mitgliedsländern erhältlich ist, ermöglicht.
Den Schülern und Schülerinnen, für die das Buch geschrieben wurde, wünsche ich viel Interesse und Freude beim Lesen! Und dass die Lektüre als Anregung dient, sich für die Europäische Union und ihre zukunftsweisenden Projekte zu engagieren!

Johannes Hahn
EU-Kommissar für Budget und Verwaltung

Die Autoren:

Dr. Wolfgang Böhm (geb. 1963) studierte Publizistik und Politikwissenschaft. Seit 1992 leitet er die Europaseite der „Presse". 2001/2002 war er Korrespondent in Brüssel. Neben zahlreichen Publikationen in internationalen Zeitschriften und Zeitungen war er Autor des Buchs „Der Österreich-Komplex" mit O. Lahodynsky. 2015 erhielt er den Europastaatspreis der Bundesregierung.

Otmar Lahodynsky (geb. 1954) studierte Germanistik und Anglistik. War Europa-Redakteur beim Nachrichtenmagazin „profil". Von 1988 bis 1995 Korrespondent in Brüssel für „Die Presse", danach stv. Chefredakteur. Von 2014 bis 2021 Präsident der „Association of European Journalists" (AEJ). Jetzt regelmäßige Kommentare für „Die Presse", „Wiener Zeitung" und „New Europe" (Brüssel). Zahlreiche Publikationen über europäische und innenpolitische Themen. 2019 Dr-Karl-Renner-Publizistikpreis für sein Lebenswerk.

Inhalt

1 **Vorwort** 8

2 **So funktioniert die EU** / Lernziel 9

2.1 Aus welchen Institutionen besteht die EU? – Ist die EU ein Moloch von Bürokraten? 9

2.2 Gemeinsame Regeln: Die Gesetzgebung der EU – So rettete die EU den Kabeljau 12

2.3 Der Rat der Europäischen Union: Funktionsweise, Zusammensetzung, Machtverteilung – Beispiel einer Ratstagung der Innenminister 15

2.4 Das Europäische Parlament: Funktionsweise, Zusammensetzung, Fraktionen, die drei Standorte – Der Alltag eines Abgeordneten 19

2.5 Die Europäische Kommission: Funktionsweise, Zusammensetzung, der EU-Verwaltungsapparat – Karriere in der EU-Verwaltung 26

2.6 Der Europäische Gerichtshof: Funktionsweise, Zusammensetzung – Beispiele für Gerichtsverfahren 29

2.7 Die Europäische Zentralbank – Hüterin des stabilen Euros: Funktionsweise, Zusammensetzung 32

2.8 Das EU-Budget: Wie berechnen sich die Mitgliedsbeiträge? Wohin fließen die Mittel? Beispiel für ein EU-Förderprojekt 34

Wissens-Check 40

3 **Die Aufgaben der Union** / Lernziel 41

3.1 Binnenmarkt – der größte Markt der Welt: Nachhaltiges Wirtschaftswachstum, freier Wettbewerb. Beispiele für Wettbewerbsverfahren 41

3.2 Demokratie und Recht – Schutz von Rechtsstaatlichkeit und Demokratie, Aufnahmekriterien für neue Mitglieder und Schutzmaßnahmen bei aktiven Mitgliedern, Bürgerrechte, Charta der Grundrechte – Beispiel: So werden Bürgerprobleme gelöst 47

3.3 Der Euro – eine gemeinsame Währung: Antwort auf die Globalisierung, Funktionsweise des Stabilitätspakts, der „Teuro"? – Beispiel für Preisvergleich 52
3.4 Die Regionalpolitik – Hilfe für benachteiligte Regionen – Beispiele für EU-Förderungen 59
3.5 Die gemeinsame Agrarpolitik: Von der Grundversorgung bis zur Landschaftspflege – Tierschutz, Konsumentenschutz 64
3.6 Innere Sicherheit – freie Reise durch Europa: Gemeinsamer Kampf gegen Kriminalität, illegale Einwanderung, Unionsbürgerschaft – So arbeitet Europol 68
3.7 Außen- und Sicherheitspolitik: Machtfaktor und notwendiger Selbstschutz, die EU-Krisentruppe – Beispiel: Einsatz in Mazedonien 73
3.8 Umwelt- und Klimapolitik 77
3.9 Gesundheitspolitik 79
Wissens-Check 81

4 Geschichte und Zeitgeschichte / Lernziel 83
4.1 Sehnsucht nach Frieden: Die Nachkriegs-Ordnung begann mit einer Vision – Porträt Jean Monnet 83
4.2 Vom Grundstoff-Pool zum Gemeinsamen Markt – eine wirtschaftliche Erfolgs-Story 85
4.3 Die Erweiterungsrunden: Von der Sechsergemeinschaft zur EU der 28 88
4.4 Vertiefung: Der Weg zur gemeinsamen Währung und gemeinsamen Außenpolitik – Geburt der EU in Maastricht 91
4.5 Von Maastricht bis Nizza: Politische Union mit Hürden 94
4.6 Reformvertrag statt Verfassung 95
4.7 Brexit: Good-bye mit vielen Hürden 98
4.8 Ausblick 102
Wissens-Check 103

5 Österreich und die Union / Lernziel 105
5.1 EFTA statt EWG: Die politischen Hindernisse für eine Mitgliedschaft 105
5.2 Assoziierung statt Beitritt – wie Österreichs Wirtschaft gegen Benachteiligungen anzukämpfen hatte 107

5.3 Politischer Kraftakt zum Beitrittsantrag 1989 109
5.4 Warteraum EWR (Europäischer Wirtschaftsraum) 111
5.5 Die Beitrittsverhandlungen – Stolpersteine Transit, Neutralität und Zweitwohnsitze 112
5.6 Österreich in der EU: Die heikle Eingewöhnungsphase – Etablierung, Suche nach Verbündeten, neue Probleme mit Transit, Sanktionen, Chancen im Osten, Bilanz der Mitgliedschaft 116
Wissens-Check 126

Anhang

Informationen zu EU-Programmen für Schülerinnen, Schüler, Studentinnen und Studenten
Vorstellung der Programme, Zulassungsbedingungen, Praktische Hinweise für eine berufliche Karriere in der EU
Ansprechstellen und Internet-Hinweise 128

1 Vorwort

Die Europäische Union ist mehr als ein Wirtschaftsraum und mehr als die Zusammenarbeit von Regierungen und Mitgliedsstaaten. Sie prägt und gestaltet das Zusammenleben und Wohlergehen von 450 Millionen EU-Bürgerinnen und Bürgern. Für ihre friedensstiftende Funktion in Europa erhielt die EU 2012 den Friedensnobelpreis.
Dieses Buch soll dazu beitragen, die Europäische Union jungen und jung gebliebenen Leserinnen und Lesern näherzubringen. Es soll Berührungsängste mit manchmal so fern wirkenden EU-Institutionen abbauen helfen und verständlich erklären, wie dort Entscheidungen getroffen werden. Denn es sind Entscheidungen, die sehr oft direkt in das tägliche Leben der Bürger/Innen eingreifen.
Viele Errungenschaften der EU sind längst selbstverständlich geworden: Der Euro, das freie Reisen ohne Grenzkontrollen in viele andere EU-Staaten, bis hin zu den Austauschprogrammen für Studentinnen und Studenten.
Viele Problemfelder, vom Klimawandel über den Terrorismus bis zu Finanzkrisen und Pandemien wie zuletzt Covid-19, lassen sich von einem einzelnen Land nicht mehr allein lösen. Die EU muss daher auch international stärker auftreten, getreu ihrer Devise „in Vielfalt geeint". Sie kann nur stark sein, wenn die Bürgerinnen und Bürger hinter ihr stehen. Doch dafür ist auch das Verständnis, wie sie entstanden ist und wie sie funktioniert, notwendig. Dazu will dieses Buch einen Beitrag leisten.

Wolfgang Böhm
Otmar Lahodynsky

2 So funktioniert die EU

Lernziel Kapitel 2:

Sie sollen die EU-Institutionen kennen lernen und ihr Zusammenspiel nachvollziehen können. Vor allem sollen Sie erkennen, welchen Einfluss ein Mitgliedsland auf die Entscheidungen in der Europäischen Union hat.

2.1 Aus welchen Institutionen besteht die EU?

Die Europäische Union ist kein Staat, sondern eine Gemeinschaft von Staaten. Dennoch hat sie staatsähnliche Institutionen. Sie sind für das demokratische Funktionieren notwendig. Durch eine Aufteilung der Macht auf mehrere Institutionen ist eine gegenseitige Kontrolle gewährleistet. In einem Staat würde man von der „Gewaltenteilung" zwischen Regierung, Parlament und unabhängigen Gerichten sprechen. In der EU teilen sich die Macht hauptsächlich fünf Institutionen:

1. **Der Europäische Rat:** Das führende Gremium besteht aus den Staats- und Regierungschefs der Mitgliedsstaaten, die regelmäßig auf sogenannten Gipfeltreffen mindestens viermal im Jahr in Brüssel zusammentreten. Es setzt die wichtigsten Aufgaben der EU fest und gibt den politischen Kurs vor.
Der Präsident des Europäischen Rates wird von den höchsten Politikern der EU-Staaten für eine maximale Amtszeit von fünf Jahren gewählt. Dieser führt den Vorsitz auf Tagungen des Europäischen Rates und vertritt die EU international auf höchster Ebene.

Der Europäische Rat

2. **Der Rat der Europäischen Unio**n („Ministerrat"): Er setzt sich aus den jeweiligen Fachministerinnen und Fachministern der Mitgliedsstaaten zusammen und beschließt gemeinsame Gesetze. An den Sitzungen des Rates nehmen Regierungsvertreter aller Mitgliedsstaaten teil.

3. **Das Europäische Parlament:** Es hat in den meisten Gesetzesentscheidungen der EU ein Mitbestimmungsrecht. Das Parlament setzt sich aus direkt gewählten Abgeordneten aus allen Mitgliedsstaaten zusammen.

Europaparlamentsgebäude in Straßburg

4. **Die Europäische Kommission:** Sie vertritt die Interessen der EU insgesamt und ist das Verwaltungsorgan der EU. Sie kontrolliert die Einhaltung der gemeinsam beschlossenen Gesetze, verwaltet den gemeinsamen Haushalt und erarbeitet Vorschläge für neue Gesetze. Jedes Mitgliedsland entsendet eine(n) Kommissar/in in dieses Gremium.

Berlaymont-Gebäude Brüssel

5. **Der Europäische Gerichtshof**: Im Streitfall entscheidet er über die Anwendung und Auslegung der Verträge der Europäischen Union.

Europäischer Gerichtshof in Luxemburg

Weitere Institutionen zur Gestaltung der gemeinsamen Politik:

- **Die Europäische Zentralbank**: Sie ist als unabhängige Institution für die Abwicklung der Währungspolitik der EU zuständig. Im Führungsgremium der Zentralbank sind alle Gouverneure der teilnehmenden Nationalbanken vertreten.
- **Der Europäische Rechnungshof:** Er kontrolliert die ordnungsgemäße Abwicklung der Einnahmen und Ausgaben der EU.
- **Der Ausschuss der Regionen:** Vertritt die Regionen und Städte der EU.
- **Der Wirtschafts- und Sozialausschuss**: Seine Mitglieder vertreten die verschiedenen Interessengruppen der Zivilgesellschaft: Arbeitgebervertreter, Arbeitnehmervertreter und sonstige Gruppierungen wie freie Berufe, Umweltschutzorganisationen und Verbraucherverbände.
- **Der Europäische Bürgerbeauftragte:** Er untersucht gemeinsam mit seinen Mitarbeiter/innen Beschwerden über Missstände in den Institutionen der Europäischen Union – z. B. über unnötige Verzögerungen, verweigerte Informationen, Diskriminierung.

Ist die EU ein Moloch von Bürokraten?

Vielfach besteht das Vorurteil, die EU sei ein aufgeblähter Verwaltungsapparat. Doch die Zahl der Mitarbeiter/innen der EU-Institutionen ist im Vergleich zu den Verwaltungen einzelner Staaten äußerst klein. Selbst Großstädte wie Paris oder London haben mehr Beamte als die EU. Dabei muss bedacht werden, dass viele EU-Mitarbeiter/innen für Übersetzungsarbeiten notwendig sind.

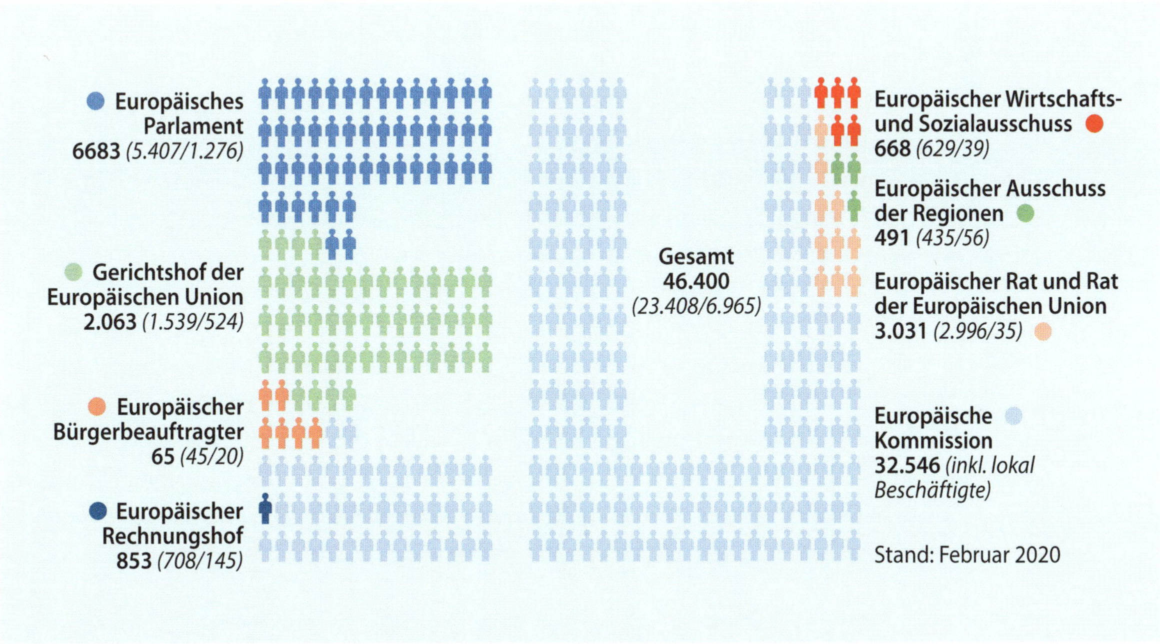

Mitarbeiter/innen in den EU-Institutionen (davon Dauerplanstellen/Planstellen auf Zeit)

2.2 Gemeinsame Regeln: Die Gesetzgebung der EU

So entstehen EU-Gesetze: Die EU-Kommission schlägt Regeln vor, der Rat der EU (Ministerrat) und das Europaparlament entscheiden darüber, die Mitgliedsstaaten müssen die Gesetze umsetzen.

Die Europäische Union braucht als Zusammenschluss von Staaten auch Gesetze, die in allen EU-Ländern gelten. Mit Verordnungen und Richtlinien werden verbindliche Regeln für alle Bürger und Unternehmer in der EU geschaffen. Derzeit wird über die Hälfte der für uns wichtigen Gesetze in den Institutionen der EU gemacht. Damit soll etwa gesichert werden, dass ein in einem EU-Land hergestelltes Produkt in allen EU-Ländern frei und ohne zusätzliche Genehmigungsprozeduren verkauft werden kann. Im Umweltbereich wird durch vorgeschriebene Grenzwerte für Abgase von LKW oder PKW dafür gesorgt, dass mehr „saubere" Fahrzeuge auf europäischen Straßen unterwegs sind. Die EU setzt auch das Ende 2015 in Paris beschlossene Klimaschutz-Abkommen der Vereinten Nationen zur Begrenzung der Erderwärmung um.

Wie kommen solche Europäischen Gesetze zustande?
Die Kommission hat das Recht, neue Regeln vorzuschlagen oder alte Regeln abzuändern. Sie kann dies allerdings nicht allein tun. Wenn sie ein neues Gesetz vorschlägt, muss sie es mit Europaparlament, Rat der EU und Wirtschafts- und Sozialausschuss beraten.
Liegt dann ein Vorschlag vor, müssen die EU-Länder darüber entscheiden. Im Rat der EU sitzen die Minister/innen aller Mitgliedsstaaten und beraten über neue Regeln. Dieses Gremium wird auch „Ministerrat" genannt. Die Umweltminister beraten über Umweltregeln, die Handels- bzw. Wirtschaftsminister über Regeln für den Handel oder die Unternehmen.
Inzwischen sind Mehrheitsentscheidungen im Rat der EU die Regel geworden. Ein einzelner Staat kann also nur mehr in wenigen Fällen (etwa in der Steuerpolitik) eine Entscheidung blockieren. Das nennt man „Veto".
Für Mehrheitsentscheidungen ist eine sogenannte „qualifizierte Mehrheit" notwendig. Der Vertrag von Lissabon sieht dafür vor, dass seit November 2014 eine vereinfachte Stimmengewichtung gilt: Ein Beschluss gilt dann als angenommen, wenn ihn 55 Prozent der Mitgliedsstaaten (d. h. derzeit mindestens 15) befürworten und diese Länder zusammen mindestens 65 Prozent der Gesamtbevölkerung ausmachen. Damit soll verhindert werden, dass mehrere große Mitgliedsstaaten kleinere überstimmen können. Umgekehrt kann auch ein Bündnis kleinerer und mittlerer Staaten nicht den größeren seinen Willen aufzwingen.

Das Europäische Parlament spielt als einzige direkt gewählte EU-Institution bei der Gesetzgebung eine wichtige Rolle. Die Abgeordneten haben in den meisten Be-

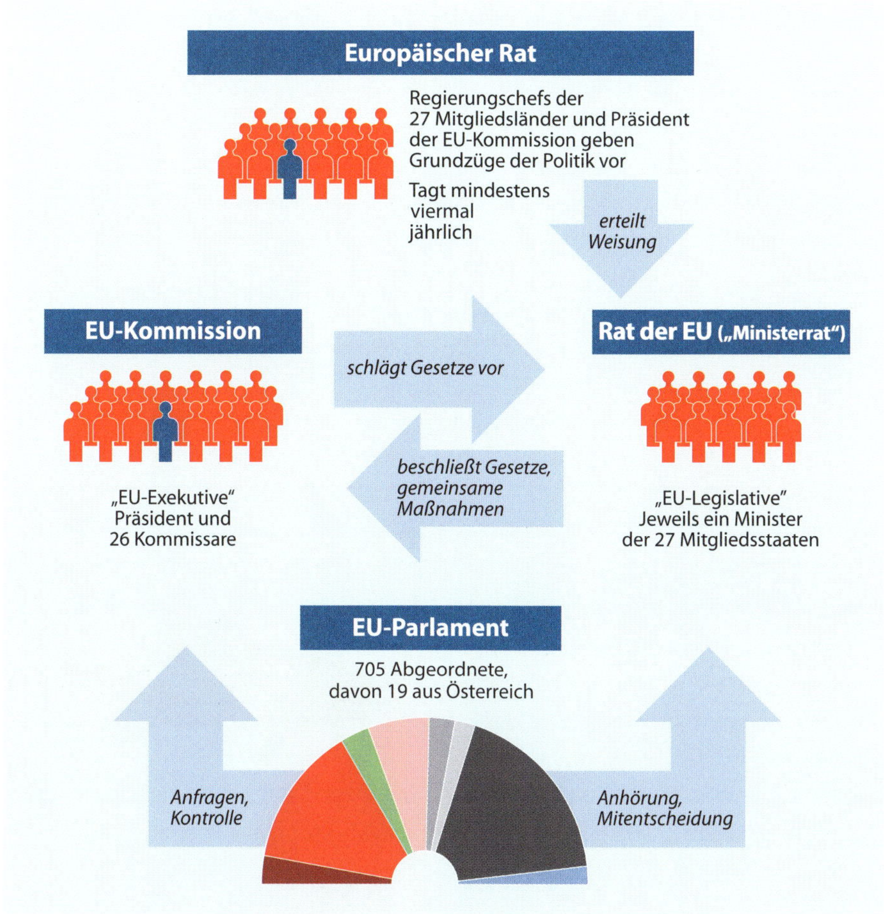

Die Organe der EU – Zusammenwirken der Institutionen

reichen (Ausnahme: Außen- oder Steuerpolitik) ein Mitentscheidungsrecht. Sie können Vorschläge der EU-Kommission abändern, ergänzen oder auch ablehnen.

Wie Rat der EU und Europaparlament um Einigung ringen

Wenn Rat und Europaparlament unterschiedliche Ansichten zu einem Gesetzesvorschlag haben, kann die Gesetzgebung mehrere Monate oder sogar Jahre in Anspruch nehmen. Dann wird so lange zwischen den EU-Abgeordneten auf der einen und Vertretern der Mitgliedsstaaten auf der anderen Seite beraten, bis eine gemeinsame Lösung gefunden ist. Finden die beiden nicht rasch eine Lösung, wird ein „Vermittlungsausschuss" einberufen. Dort sitzen dann Vertreter/innen der Mitgliedsstaaten, der EU-Kommission und des Europaparlaments, die zusammen einen neuen Vorschlag erarbeiten. Sie müssen nun sorgsam darauf achten, dass dieser Vorschlag den Ministerinnen oder Ministern und dem Europäischen Parlament gefällt, sonst kommt gar kein neues Gesetz zustande.

Lobbying-Kontrolle. Zur besseren Kontrolle führten EU-Kommission und Europaparlament ein „Transparenzregister" (auch „Lobbyregister" genannt) ein. Mehr als 10.000 Interessensvertreter haben sich dort eingetragen. Diese müssen jährlich angeben, an welchen EU-Gesetzen sie mitwirken und wie viele Mitarbeiter daran beteiligt sind. Beratungsfirmen und Anwaltskanzleien müssen auch den jährlichen Umsatz, den sie mit ihrer Tätigkeit erzielen, angeben.

Lobbying in der EU

Die EU bezieht in ihre Entscheidungen zahlreiche Interessen ein. Viele europaweit agierende Firmen haben dies erkannt und deshalb in Brüssel Büros eröffnet. Da nicht jede Firma direkt vertreten sein kann, wurden europaweite Verbände gegründet, die nun in der EU gemeinsam agieren. Sie haben zwar nur eine beratende Stimme, werden aber in Brüssel dennoch gehört. Die wichtigsten Verbände sind:

- EUROCHAMBRES ist der Dachverband der Wirtschafts- und Handelskammern in Europa.
- UEAPME ist der europäische Dachverband der Klein- und Mittelbetriebe.
- Businesseurope ist der europäische Dachverband der Industrieverbände. Generalsekretär ist der Österreicher Markus Beyrer.
- EuroCommerce ist der europäische Dachverband des Handels.
- EGB: Der Europäische Gewerkschaftsbund ist der Dachverband aller nationalen Gewerkschaften.
- COPA und COGECA sind die beiden größten Bauernorganisationen auf EU-Ebene.

So rettete die EU den Kabeljau

Pepin van Roojen, 2000

Wie schwierig und gleichzeitig notwendig Entscheidungen der EU sind, zeigt das Beispiel der Fischfangquoten. Die Fischer aus EU-Ländern haben während der letzten Jahre ihre Fangtechniken so sehr verbessert, dass sie viel zu viele Fische aus dem Meer holten. Da von einigen Arten mehr Fische gefangen als im gleichen Zeitraum geboren wurden, warnten Meeresbiologen vor dem Aussterben von Fischarten wie dem Kabeljau.

Die EU-Kommission ließ die Situation durch eigene Experten prüfen und lud auch Fischereiorganisationen zu einer Beratung ein. Schließlich schlug die Kommission eine deutliche Kürzung von Fangquoten vor. Die Quoten legen jene Zahl von Fischen fest, die während eines Jahres gefangen werden dürfen. Die vorgeschlagenen Kürzungen waren aber vor allem beim Kabeljau so stark, dass viele Fischer um ihre Existenz bangten. Aus Protest blockierten britische Fischer sogar den Ärmelkanal. Einigen EU-Regierungen gingen die Schutzmaßnahmen hingegen zu wenig weit. Der World Wide Fund for Nature (WWF) forderte sogar, das Fischen von bedrohten Arten wie dem Kabeljau völlig einzustellen.

Schließlich wurde zwischen dem zuständigen EU-Kommissar und den Fischereiministern der Mitgliedsstaaten ein mühsamer Kompromiss ausgearbeitet. Die letzte Verhandlungsrunde dauerte 30 Stunden. Dann wurde ein Mehrjahresplan beschlossen, der das Leerfischen der Meere stoppen soll. Die Bestände von Kabeljau sollen sich damit jährlich um 30 Prozent erholen. Für den Seehecht wurden ähnliche Maßnahmen vorgeschrieben. Der Schutzplan ist eine Verordnung, die nach dem Beschluss durch die Fischereiminister in den Mitgliedsstaaten wirksam wurde.

© European Union, 2011

Nachhaltigkeit im Fischfang – die European Fish Fight Campaign

2.3 Der Rat der EU

Der Rat der Europäischen Union ist die zentrale Schaltstelle der EU. Er wird deshalb oft als mächtigstes Organ der Gemeinschaft bezeichnet. In ihm fallen die Gesetzesentscheidungen. Außerdem werden hier die konkreten politischen Maßnahmen – etwa gegenüber Nicht-EU-Staaten – vereinbart, die zuvor von der EU-Kommission ausgearbeitet wurden.
Bei Rechtsentscheidungen muss der Rat der EU die Meinung des Europäischen Parlaments berücksichtigen. An den Sitzungen des Rates nehmen Regierungsvertreter aller Mitgliedsstaaten teil. Er wird deshalb auch „Ministerrat" genannt. Aus organisatorischen Gründen werden die Themen der Sitzungen zusammengefasst. So tagen die Umweltminister über Umweltpolitik, die Finanzminister über Budgetfragen und Steuern, die Außenminister über Außenpolitik und allgemeine Angelegenheiten.
Die Minister aller Mitgliedsstaaten stimmen gemeinsam über neue EU-Gesetze ab, die dann in allen EU-Staaten umgesetzt werden müssen.
Der Rat der EU hat eine schwierige Aufgabe, denn er muss die nationalen Interessen abwägen und dennoch versuchen, gemeinsame Beschlüsse zu finden, die letztlich nicht nur einzelnen Mitgliedsstaaten, sondern der gesamten Europäischen Union Vorteile bringen.

Achtung Verwechslungsgefahr!
Der Rat der EU ist nicht der Europarat. Auch erfahrene Politiker bringen die beiden Institutionen manchmal durcheinander. Im Rat der Europäischen Union fallen die Gesetzesentscheidungen der EU, der Europarat mit Sitz in Straßburg bemüht sich hingegen seit seiner Gründung 1949 vor allem um den Schutz der Menschenrechte in Europa. Der Europarat gehört nicht zu den EU-Institutionen. Am Europarat nehmen zahlreiche Länder wie etwa Russland (2022 wegen der Sanktionen infolge des Angriffskriegs auf die Ukraine ausgetreten) oder die Türkei, die nicht Mitgliedsstaaten der Europäischen Union sind, teil.

Die Ratspräsidentschaft: Mit der Einführung des Amtes des „Präsidenten des Europäischen Rates" hat der alle sechs Monate wechselnde Vorsitz durch ein EU-Mitgliedsland zwar an Bedeutung verloren, trotzdem kann ein Vorsitzland auch weiterhin Schwerpunkte in der EU-Politik anregen. Minister des Vorsitzlandes leiten die Treffen der meisten Fachministerräte. Informelle Tagungen des Rates, bei denen die Fachminister der Mitgliedsstaaten nur beraten und keine Beschlüsse fassen, finden im jeweiligen Vorsitzland statt. Der Präsident des Europäischen Rates ist aber für die Koordinierung der EU-Politik und die Themenfestsetzung – auch für die Treffen der EU-Staats- und Regierungschefs (sogenannte EU-Gipfel) in Brüssel hauptverantwortlich.

„Europäischer Auswärtiger Dienst" (EAD): Er ist der „Hohen Vertreterin der EU für Außen- und Sicherheitspolitik" unterstellt und umfasst über 3600 Bedienstete mit 136 Delegationen in Drittstaaten. Der EAD regelt aber nicht alle außen- und sicherheitspolitischen Kompetenzen der EU. So bleibt die EU-Kommission weiterhin für die Europäische Nachbarschaftspolitik, Erweiterung und Entwicklungshilfe zuständig.

Der Hohe Vertreter der Union für Außen- und Sicherheitspolitik

Mit dem Inkrafttreten des Lissabon-Vertrags wurde ein neuer Führungsposten, der „Hohe Vertreter für die gemeinsame Außen- und Sicherheitspolitik", geschaffen. Dieser soll für eine einheitliche gemeinsame Außenpolitik sorgen und vertritt – gemeinsam mit dem Präsidenten des Europäischen Rates – die EU auf internationaler Ebene. Auch die Koordinierung der Verteidigungspolitik oder der Vorsitz im Rat der EU-Außenminister gehört zu den Aufgaben. In einer „Doppelhut"-Funktion ist der Hohe Vertreter auch Vizepräsident der EU-Kommission, wo es seither keinen eigenen Vertreter für die Außenpolitik mehr gibt.

Erste „Hohe Vertreterin" wurde die britische Labour-Politikerin Catherine Ashton. Ihr folgte die Italienerin Francesca Mogherini. Seit Ende 2019 hat der Spanier Josep Borrell diese Aufgabe übernommen. Er ist auch Chef des „Europäischen Auswärtigen Dienstes" (EAD), in dem EU-Diplomaten in zahlreichen Ländern der Welt europäische Interessen vertreten. Diese EU-Vertretungen sind auch für Anliegen von Bürgern aus EU-Ländern, die keine eigene Botschaft im jeweiligen Staat haben, zuständig.

So kommen Entscheidungen im Rat der EU zustande: Rat der EU und Europäisches Parlament sind bei den meisten Gesetzesentscheidungen gleichberechtigt. Sie sind aufeinander angewiesen. Im Rat der EU ist die Debatte über eine gemeinsame Entscheidung oft sehr schwierig. Denn viele Minister haben in erster Linie die Interessen ihres eigenen Landes im Auge. Wenn etwa die Vorschriften für umweltschädigende Chemikalien verschärft werden sollen, dann kann es vorkommen, dass ein Land, dessen Industrie viele dieser Chemikalien benutzt oder produziert, dagegen stimmt.

Die Grundlage einer Entscheidung des Rates der EU ist immer ein Vorschlag der Europäischen Kommission. Ein Vertreter der Kommission nimmt deshalb auch an den Sitzungen des Rates der EU teil. Die Vorschläge betreffen entweder ein neues EU-Gesetz (Richtlinie), eine Verordnung oder auch gemeinsame politische Aktionen. Die wenig umstrittenen Entscheidungen werden bereits in der Vorbereitung der

Ministerratstagungen getroffen. Diplomaten aller EU-Staaten („Ständige Vertreter" genannt) halten hierfür regelmäßige Sitzungen in Brüssel ab. Dabei wird bereits ein Großteil der Themen abgearbeitet. Die Minister bekommen zu Beginn ihrer Sitzung diese Entscheidungen nur noch zur Absegnung vorgelegt. Erst danach werden die wirklich heiklen Punkte diskutiert. Kommt keine Einigung zustande, werden die Themen meist auf eines der nächsten Treffen verschoben. Die jeweilige Präsidentschaft (Vertreter des Vorsitzlandes) wird in der Zwischenzeit versuchen, einen Kompromiss zu erarbeiten. Heikle Entscheidungen können deshalb auch Jahre dauern.

Wöchentliches Treffen der Europäischen Kommission

Die Abstimmung im Rat der EU: In Grundsatz- und Finanzfragen wie beim gemeinsamen EU-Haushalt oder in der Steuerpolitik fallen Entscheidungen noch immer einstimmig. Bei den meisten Themen wie etwa der Verkehrspolitik, den Binnenmarktregeln oder Umweltnormen ist aber nur eine sogenannte „qualifizierte Mehrheit" notwendig. Da kann es dann auch vorkommen, dass ein oder mehrere Mitgliedsstaaten überstimmt werden.

Größere Länder haben bei diesen Abstimmungen mit qualifizierter Mehrheit mehr Gewicht als kleinere Länder. Wenn ein Land erhebliche Einwände gegen eine neue Regelung hat, wird zuerst ein Kompromiss gesucht. Erst wenn dieser nicht gefunden wird, kommt es in sehr wenigen Fällen zur Kampfabstimmung.

Der neue EU-Reformvertrag sieht als häufigste Abstimmungsform jene mit der sogenannten „doppelten Mehrheit" vor, die seit 2014 gilt. Seither müssen gemeinsamen Gesetzen zumindest 55 Prozent der Mitgliedstaaten zustimmen (mindestens 15), die zusammengerechnet mindestens 65 Prozent der Bevölkerung umfassen.

EU-Gesetze.

RICHTLINIEN sind Rahmengesetze, die alle Mitgliedstaaten befolgen müssen. Bei der Umsetzung in nationales Recht gibt es für die nationalen Parlamente aber einen gewissen Spielraum.

VERORDNUNGEN gelten dagegen unmittelbar in allen Mitgliedsstaaten. Sie müssen im Wortlaut in nationalem Recht verankert werden.

Hält sich ein Mitgliedsstaat nicht an bestimmte EU-Gesetze, kann die EU-Kommission ein Verfahren einleiten. Oft endet ein solcher Streit beim Europäischen Gerichtshof, dessen Urteile aber von einem einzelnen Land nicht mehr angefochten werden dürfen.

Die Alltagsarbeit: Wenn die Minister in ihre Hauptstädte zurückgekehrt sind, geht die Arbeit in Brüssel weiter. Im Generalsekretariat des Rates der EU wird die weitere Vorgangsweise vorbereitet. Die gemeinsam beschlossenen Texte und Kompromissvarianten werden in alle Amtssprachen übersetzt. Ein eigener juristischer Dienst prüft die gemeinsam beschlossenen Regeln.

Hinter den Kulissen: Beispiel einer Ratstagung in Brüssel

In Brüssel sind die Innenminister zusammengekommen. Sie haben heute eine wichtige Sitzung. In der Früh oder bereits am Vorabend sind alle aus ihren Hauptstädten angereist. Jeder von ihnen hat eine kleine Delegation an Beratern mit. In der Mappe des Ministers befinden sich die sogenannten „Speaking-Notes". Das sind vorbereitete Texte, die er zu den einzelnen Verhandlungspunkten in die Diskussion einbringen wird.

Als Erstes werden die sogenannten „A-Punkte" abgearbeitet. Das sind jene Fragen, die bereits von den EU-Botschaftern aller Mitgliedsstaaten vorbereitet wurden und über die es bereits eine Einigung gibt.

Nun geht es aber zur Sache: Als Erstes wird über die Umsetzung des gemeinsamen „Europäischen Haftbefehls" diskutiert. Er soll die Verfolgung von Kriminellen innerhalb der gesamten Europäischen Union erleichtern. Ein Verdächtiger, der sich möglicherweise in einem der Mitgliedsstaaten kriminell betätigt hat, soll rasch auch in einem anderen Mitgliedsland verhaftet werden können. Doch einige Mitgliedsstaaten haben die dafür notwendigen Änderungen im eigenen Land noch nicht durchgeführt. Die Länder werden aufgezählt und ihre Minister versprechen, die notwendigen Schritte jetzt einzuleiten.

Dann beraten die Innenminister über die Einsetzung einer Expertengruppe, die sich mit den Auswirkungen der organisierten Kriminalität in den West-Balkan-Ländern befassen soll. Da hat nicht wirklich jemand etwas dagegen. Die Entscheidung kommt rasch zustande.

Schwieriger sind anschließend die Beratungen über einen gemeinsamen Status für Flüchtlinge in Europa. Denn hier soll auch für Menschen eine Regelung gefunden werden, die keine traditionellen Flüchtlinge aus politischen Gründen sind. Es geht um Personen, die z. B. vom eigenen Familienclan oder einem Drogenkartell verfolgt werden. Einige Innenminister haben Bedenken zu den möglichen Kosten. Denn solchen Personen soll künftig derselbe Zugang zum Arbeitsmarkt und zu Sozialleistungen ermöglicht werden wie traditionellen Flüchtlingen. Einige Minister möchten gerne diese Frage weiterhin flexibel nach ihren eigenen Möglichkeiten regeln. Es wird lange diskutiert. Schließlich stellt sich aber noch immer ein Innenminister klar gegen die neue Regelung. Es gibt keine Einigung. Die Frage wird auf die nächste Sitzung verschoben.

Konflikte gibt es auch beim nächsten Thema. Nach einem Vorschlag der EU-Kommission sollen Fingerabdrücke und digitale Gesichtsfotos künftig elektronisch in den Reisepässen gespeichert werden. Dies soll die Pässe fälschungssicher machen

und eine Verfolgung von Strafverdächtigen erleichtern. Doch einige Länder sind dagegen. Der finanzielle Aufwand für diese Einführung ist groß. Einige Minister stellen auch den kriminaltechnischen Nutzen in Frage. Auch hier kommt es vorerst zu keiner Einigung.
Nachdem bereits Stunden der Debatte vergangen sind, wird schließlich noch über eine gemeinsame Sicherheitsstrategie diskutiert. Dabei wird auch die Möglichkeit angesprochen, ob die EU einen eigenen Geheimdienst aufbauen soll. Die meisten Mitgliedsstaaten sind aber derzeit nicht dafür.
Anmerkung: Die Ratstagung der Innenminister fand im März 2004 statt und wurde auf Grundlage des Kurzprotokolls des Rats-Generalsekretariats und den Aussagen in Pressekonferenzen nacherzählt. Die Sitzung war nicht öffentlich zugänglich.

Europäischer Rat mit den Regierungschefs

2.4 Das Europäische Parlament

Das Europäische Parlament wird auch kurz „Europaparlament“ oder „EU-Parlament“ genannt. Es setzt sich aus Abgeordneten aller Mitgliedsstaaten zusammen. In den meisten gesetzgebenden Entscheidungen der Union hat es ein Mitbestimmungsrecht. Darüber hinaus kontrolliert es die Arbeit der EU-Kommission und ist in die meisten Entscheidungen über den EU-Haushalt eingebunden. Seit 1979 werden die Abgeordneten direkt vom Volk gewählt. Diese „Europawahl“ findet alle fünf Jahre gleichzeitig in allen Mitgliedsstaaten statt.

Österreich entsendet nach dem Austritt Großbritanniens 19 Abgeordnete ins Europaparlament. Zum Vergleich: Für Deutschland sitzen 96 Abgeordnete, für Frankreich 79 Abgeordnete im EU-Parlament.

Plenarsaal des Europaparlaments in Straßburg

Brexit-Änderung. Durch den Austritt Großbritanniens sind deren 73 EU-Abgeordnete weggefallen. 27 Sitze wurden neu verteilt, der Rest wurde eingespart oder für künftige EU-Mitgliedsländer reserviert. Die Zahl der EU-Mandatare sank vorerst auf 705. Österreich entsendet nunmehr 19 Abgeordnete.

Während der Rat der EU seit Gründung der Gemeinschaft die größte Macht unter den EU-Institutionen innehatte, mussten sich die Abgeordneten ihre Mitsprache erst erkämpfen. Mittlerweile sind sie bei vier Fünftel der EU-Entscheidungen gleichberechtigt mit dem Rat eingebunden. Das heißt: Rat und Parlament entscheiden gemeinsam und gleichberechtigt über neue Gesetzesvorschläge der EU-Kommission. Seit dem Inkrafttreten des EU-Vertrags von Amsterdam kann das Parlament auch selbst die Initiative für neue EU-Gesetze ergreifen. Es kann selbst die Kommission auffordern, eine neue Rechtsordnung zu entwerfen. Die Handschrift der direkt gewählten Abgeordneten ist im EU-Recht mittlerweile deutlich erkennbar:

Beispiele für Entscheidungen, die das Europaparlament durchgesetzt hat

- Strenge Umweltschutzauflagen für Treibstoffe und Motoröle
- Schutzmaßnahmen bei der Tierernährung
- Eine zweijährige Garantiezeit auf Konsumartikel
- Warnhinweise über die Schädlichkeit von Tabakkonsum
- Eine umweltverträgliche Entsorgung von Altautos
- Abschaffung von „Roaming-Gebühren“ für Handy-Telefonate im EU-Ausland. Maßgeblich daran beteiligt war der österreichische EU-Abgeordnete Paul Rübig.

Die Abgeordneten: Das Europaparlament umfasst derzeit 705 Abgeordnete. Sie werden bei den Europawahlen in ihren Heimatländern direkt gewählt. Größere Länder entsenden mehr, kleinere Länder weniger Abgeordnete. Die Zahl der Frauen im Europaparlament hat sich in den vergangenen Jahren deutlich erhöht, liegt aber nach wie vor weit unter 50 Prozent. 1979 hatte das Parlament noch einen Frauenanteil von lediglich 16,6 Prozent. Im Abgeordnetenhaus der Jahre 2019-2024 sind immerhin schon 40,4 Prozent Frauen vertreten. Im österreichischen Nationalrat beträgt der Frauenanteil 39,34 Prozent (2020).

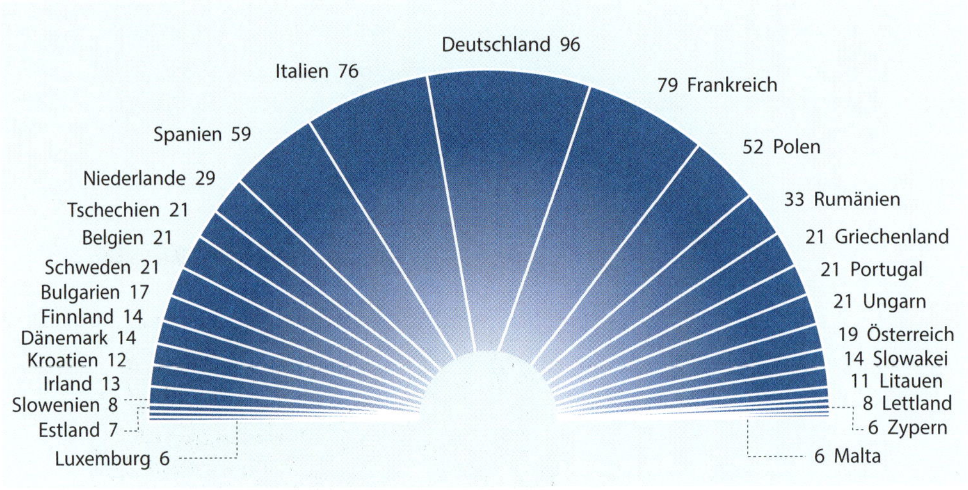

Zusammensetzung des EU-Parlaments – Abgeordnete je Land (gesamt 705; Stand 2022)

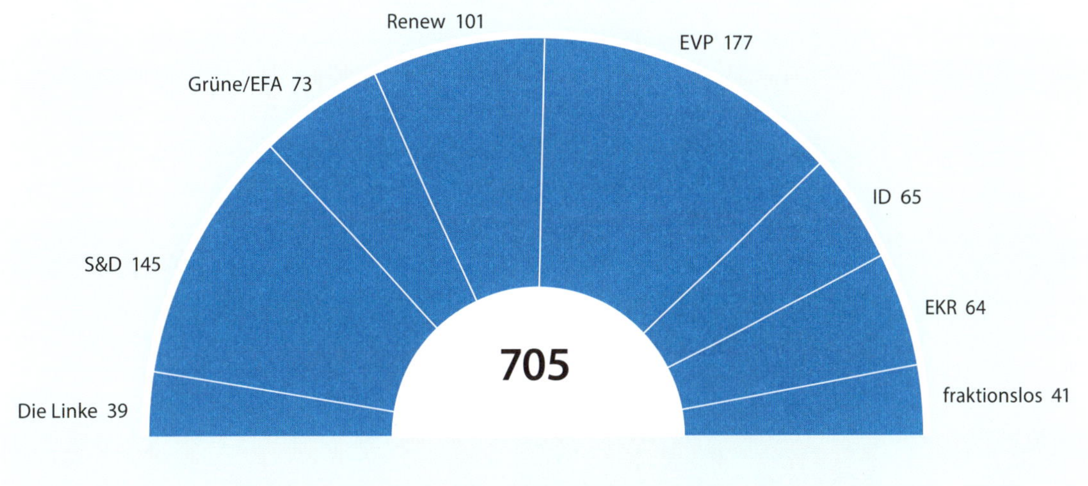

Fraktionen im Europaparlament, Stand 28. Jänner 2021 – Abgeordnete nach Parteien

Wenn alle Abgeordneten im sogenannten „Plenum" des Europaparlaments zusammenkommen, sitzen sie nicht nach Ländern aufgeteilt im Saal, sondern nach Fraktionen. Die Fraktionen entsprechen der politischen Partei, aus der die Abgeordneten stammen. Derzeit gibt es sieben Fraktionen, dazu kommen noch jene 41 Abgeordnete, die sich keiner Fraktion zugehörig fühlen oder nirgends Aufnahme fanden. Bei wichtigen Entscheidungen beraten die Fraktionen vorerst intern, wie sie abstimmen sollen. Die beiden größten Fraktionen sind die Europäische Volkspartei (EVP/Christdemokraten) und die Fraktion der Progressiven Allianz der Sozialisten und Demokraten (S&D).

Der Parlamentspräsident: Gemeinsam wählen die Europaabgeordneten einen Parlamentspräsidenten bzw. eine Parlamentspräsidentin, der/die die gemeinsamen Sitzungen leitet und das Europäische Parlament nach außen vertritt. Der Präsident leitet auch die Konferenz der Präsidenten. Diese besteht aus den 14 Vizepräsidenten bzw. Vizepräsidentinnen des Parlaments und den Fraktionsvorsitzenden. Gemeinsam wird hier die Tagesordnung festgelegt und der jährliche Arbeitskalender erstellt.

Drei Standorte

Man mag sich wundern, warum das Europäische Parlament nicht mit einem Standort auskommt. Denn es hat drei Sitze: Einen in Brüssel, wo auch die Europäische Kommission und der Rat angesiedelt sind, einen in Straßburg und einen weiteren in Luxemburg, der vor allem von der Verwaltung des EU-Parlaments genutzt wird. Die normale Arbeit der Abgeordneten spielt sich im belgischen Brüssel ab. Hier

Keine Regierung, keine Opposition.

Anders als in nationalen Parlamenten gibt es im Europäischen Parlament keine Regierungsfraktion und auch keine Opposition. Die Fraktionen bemühen sich um möglichst breite Unterstützung für neue Gesetze. Für jedes neue Gesetz wird ein(e) SprecherIn gewählt, der/die gewünschte Änderungen oder Ergänzungen koordiniert, ehe über das Gesetz dann in den Ausschüssen und schließlich im Plenum, wo alle Abgeordneten versammelt sind, abgestimmt wird. Vor einer Abstimmung gibt der Fraktionschef mit einem Handzeichen Zustimmung oder Ablehnung vor.

finden neben Plenarsitzungen (an ihnen nehmen alle Abgeordneten teil) auch die Fraktions- und Ausschusssitzungen statt. Zwölf Plenarsitzungen werden jährlich im französischen Straßburg abgehalten. Die Ursache für diese Aufteilung geht auf die Gründungsphase der Europäischen Gemeinschaft zurück, bei der jeder Gründerstaat die gemeinsamen Institutionen beherbergen wollte. Die Aufteilung der Standorte war schließlich ein Kompromiss.
Die Abgeordneten haben allerdings mit dem „Wanderzirkus" nicht viel Freude. Sie haben bereits mehrfach versucht, einen einzigen Standort durchzusetzen. Doch das Europaparlament kann über diese Frage nicht selbst entscheiden. Die Standorte sind in den Unionsverträgen geregelt, denen alle Staats- und Regierungschefs der Gemeinschaft zugestimmt haben.

EU-Parlament in Brüssel

EU-Parlament in Straßburg

Der LKW-Konvoi

Jedes Mal, wenn das Europaparlament in Straßburg tagt, setzt sich von Brüssel aus ein Lastwagenkonvoi in Bewegung, um all die Unterlagen und persönlichen Gegenstände der Abgeordneten von einem Büro in das andere zu liefern. Dafür stehen jedem Abgeordneten Metallkisten zur Verfügung. Jeweils Freitagnachts starten fünf gemietete Lastwagen sowie ein LKW mit Anhänger, der dem Europaparlament gehört, in Richtung Straßburg. Da meist noch einiges übrig bleibt, fährt am Montag früh noch ein weiterer Lastwagen dieselbe Strecke. Am Ende der Tagungswoche werden die Kisten wieder in Lastwagen verpackt und zurück nach Brüssel geschickt.

Die Abgeordneten selbst reisen meist aus ihren Heimatländern in den jeweiligen Tagungsort an. Da viele von ihnen nur am EU-Hauptsitz in Brüssel eine Wohnung gemietet haben, müssen sie in Straßburg für den Aufenthalt ein Hotelzimmer buchen. Dafür erhalten Abgeordnete einen täglichen Spesenersatz.

Arbeitsweise des Europäischen Parlaments: Das Europaparlament weist einen deutlichen Unterschied zu nationalen Parlamenten auf: Es gibt keine Regierungsfraktion und keine Opposition. So sind in zahlreichen Sachfragen auch fraktionsübergreifende Einigungen möglich.

Um die Arbeit zu den zahlreichen Fachthemen aufzuteilen, werden im Europäischen Parlament derzeit 20 ständige Ausschüsse eingesetzt. So gibt es etwa einen Ausschuss für auswärtige Angelegenheiten (Außenpolitik), einen für Landwirtschaft, einen für Kultur und Bildung oder einen für Haushaltskontrolle.

Die Ausschüsse tagen regelmäßig und bilden das Rückgrat der parlamentarischen Arbeit. Zusätzlich zu diesen ständigen Ausschüssen tagen noch Unterausschüsse, Untersuchungsausschüsse und Ad-hoc-Ausschüsse für besondere aktuelle Themen.

So bearbeitet das Europaparlament normalerweise ein Gesetz: Der Weg von einem Gesetzesvorschlag bis zu dessen Beschluss im Rat (Regierungsvertreter) und im Europäischen Parlament ist lange und kompliziert:

Gründung einer Fraktion. Es gibt derzeit sieben Fraktionen im Europäischen Parlament. Die meisten gehören auch europäischen Parteien an. Mit einer Fraktion sind Vorsitz-Funktionen in den Ausschüssen, Reihenfolge der Wortmeldungen und Redezeiten sowie auch Fördergelder und bezahlte Mitarbeiter verbunden. Zur Gründung einer Fraktion sind 25 Abgeordnete aus mindestens sieben Mitgliedsstaaten erforderlich. Fraktionslose Abgeordnete haben ebenfalls Anspruch auf Vorsitzfunktionen in Ausschüssen und werden auch bei Wortmeldungen nach einem strengen System berücksichtigt.

Plenarsitzung im Europaparlament

1. Das Europäische Parlament wird mit einem Gesetzesvorschlag der Europäischen Kommission befasst. Der Vorschlag wird an einen Ausschuss weitergeleitet, der für dieses Gesetz eine(n) Berichterstatter/in ernennt.
2. Der oder die Berichterstatter/in legt eine Bewertung des Vorschlags vor. Die Abgeordneten im Ausschuss können Änderungsanträge zu diesem Bericht einreichen. Über den Bericht wird im Ausschuss nach Berücksichtigung der Änderungswünsche abgestimmt.
3. Der Bericht zum Gesetzesvorschlag wird an die Fraktionen weitergeleitet, die ihn prüfen und ebenfalls intern debattieren.
4. Abschließend wird der Bericht im Plenum (alle Abgeordneten) diskutiert. Nun sind neuerlich Änderungsvorschläge möglich. Schließlich wird über den Bericht abgestimmt. Eine einfache Mehrheit der Abgeordneten ist für einen positiven Beschluss notwendig. Die Bewertung des neuen EU-Gesetzes wird nun dem Rat übermittelt.
5. Wenn der Rat der EU, in dem die Fachminister aller Mitgliedsstaaten vertreten sind, die Änderungswünsche des Parlaments billigt, gilt der Gesetzesvorschlag als angenommen. Lehnt der Rat der EU die Position des Parlaments ab, so beschließt er eine gemeinsame Antwort, die den Abgeordneten übermittelt wird.
6. In diesem Fall muss das Parlament nochmals den Gesetzesvorschlag behandeln. Es kann vorkommen, dass zwar nicht alle Wünsche des Parlaments berücksichtigt werden, aber doch mehrere. Ist das Parlament mit der Antwort des Rates der EU zufrieden, wird es nun eine positive Bewertung der Gesetzesvorlage abgeben.
7. Kommt zwischen Rat der EU und EU-Parlament keine gemeinsame Position zustande, wird ein Vermittlungsausschuss eingesetzt, der sich um einen Kompromiss bemüht. Dieser Vermittlungsausschuss besteht aus Mitgliedern des Rates und des Parlaments, auch ein Vertreter der EU-Kommission nimmt teil. Kommt dort kein Kompromiss zustande, ist das Gesetzesvorhaben gescheitert.

Kontrolle: Das Europäische Parlament muss neben der Einbindung in die Gesetzgebung auch seiner Aufgabe als Kontrollorgan nachkommen. Damit alle EU-Institutionen ordentlich funktionieren und kein Geld unnötig verschwendet wird, befassen sich die zuständigen Ausschüsse des Parlaments mit Haushaltskontrolle, mit der Arbeit der EU-Kommission, des Rates der EU und den Gremien der Außen- und Sicherheitspolitik.

Der Alltag eines Abgeordneten

Die Abgeordneten des Europaparlaments verdienen relativ gut, mehr als 8000 Euro monatlich brutto. Ihre Gehälter und Spesen wurden in einigen Mitgliedsstaaten sogar Thema des Wahlkampfs. Doch der Alltag der Abgeordneten ist auch extrem anstrengend. Zwar ist es auch im Europaparlament möglich, Gehalt und Spesengeld zu kassieren und wenig zu arbeiten. Doch wer sich in der politischen Arbeit engagiert, lebt einen Großteil des Monats mit viel Stress. Er oder sie hat einen Arbeitstag, der oft 15 und mehr Stunden dauert. Zahlreiche Europaabgeordnete haben sich für ihren Aufenthalt in Brüssel eine Wohnung gemietet. Jene Abgeordnete, die sich dazu nicht durchringen konnten, verbringen durchschnittlich 200 Tage pro Jahr im Hotel.

Wer zumindest das Wochenende daheim verbringen möchte, fliegt mindestens dreimal pro Monat nach Brüssel, einmal nach Straßburg. Am Montag geht es mit dem Flugzeug weg, am Donnerstag oder Freitag wieder zurück. Pro Jahr sind das etwa 130 Flüge. Allein die Zeit, die die Abgeordneten pro Jahr im Flugzeug verbringen, entspricht einem Arbeitsmonat eines Angestellten. Bei so vielen Flügen wird das Reisen zur Routine. Die Zeit im Flugzeug wird meist schon mit dem Durchlesen der Berichte und Notizen genutzt.

Spesenpauschale. Jedes Mitglied des Europäischen Parlaments verfügt auch über eine Spesenpauschale und erhält auch die Kosten für (meist zwei) parlamentarische Mitarbeiter ersetzt. Diese dürfen aber nicht für EU-fremde Aufgaben oder für persönliche Aufträge eingesetzt werden.

Die Hauptarbeit der Abgeordneten findet in Brüssel in den Ausschüssen statt. Dort werden Jahr für Jahr hunderte Gesetzesvorlagen bearbeitet, es werden Berichte erstellt und debattiert. Eine besondere Herausforderung für Abgeordnete ist es, wenn sie selbst Berichterstatter für eines der vielen Themen geworden sind. Die Bearbeitung eines Berichts kommt einer Diplomarbeit gleich. Viele Stunden müssen für Recherchen und das Abwägen von Interessen aufgewandt werden. Für diese Arbeit stehen den Abgeordneten allerdings auch eigene Mitarbeiter zur Verfügung.

Mit der Arbeit in den Ausschüssen und der Erarbeitung von Berichten ist es nicht getan. Die politische Tätigkeit als Parlamentarier verlangt auch das Suchen nach Mehrheiten und Überzeugungsarbeit. Deshalb sind engagierte Abgeordnete oft damit beschäftigt, in persönlichen Gesprächen andere Abgeordnete für ein Ja oder Nein zu einem Bericht zu überzeugen. Da das Europaparlament ein bunter Haufen zahlreicher politischer Richtungen ist, in dem es weder eine Regierungs- noch eine Oppositionsfraktion gibt, ist es oft sehr zeitaufwendig, für eine bestimmte Abstimmung zu werben.

Die Abgeordneten können aber gleichzeitig nicht auf ihre Heimat vergessen, wo sie ihren Wählern Rede und Antwort schuldig sind. Viele Europaabgeordnete touren deshalb zwischen den Sitzungen in Straßburg und Brüssel auch durch ihre Wahlbezirke. Damit ihre Arbeit auch öffentlich wird, müssen sie nicht nur an Diskussionsveranstaltungen teilnehmen, sondern auch den Kontakt zu den Medien pflegen. So wird die wenig verbleibende Freizeit oft mit Pressekonferenzen oder Interviews vollgestopft.

Teilnahme von Ursula von der Leyen, Präsidentin der Europäischen Kommission, an einer Plenarsitzung des Europäischen Parlaments

Spitzenkandidat bei Europawahl.
Seit der Europawahl 2013 versuchen die großen Fraktionen des Europäischen Parlaments, ihren Spitzenkandidaten für die europaweit durchgeführte Wahl auch gleich als Kommissionspräsidenten ins Spiel zu bringen. Sie vereinbarten, dass sie nur einen Kandidaten der Staats- und Regierungschefs akzeptieren, der zuvor als Spitzenkandidat angetreten ist.
Doch nach den Europawahlen 2019 hielten sich die EU-Staats- und Regierungschefs nicht an diese Regel und einigten sich auf die frühere deutsche Verteidigungsministerin Ursula von der Leyen als Nachfolgerin für Jean-Claude Juncker.

2.5 Die Europäische Kommission

Wer einmal nach Brüssel reist, wird sicher auch jenen Teil der Stadt besuchen, in dem die EU-Institutionen untergebracht sind. In riesigen Bürogebäuden arbeiten tausende Beamte. Die meisten von ihnen – rund 32.000 – gehören zur Europäischen Kommission, dem Verwaltungsorgan der EU. Sie kontrollieren die Einhaltung der gemeinsamen Gesetze und können auch Vorschläge für neue Gesetze erarbeiten. Die Kommission wird auch als „Hüterin der Verträge" bezeichnet, weil sie eine unabhängige Institution ist, die abseits des Einflusses der Mitgliedsstaaten agiert. Während der Rat der EU die Interessen der einzelnen Mitgliedsstaaten im Auge hat, das Europaparlament die direkten Anliegen der Bürger, vertritt die EU-Kommission die gemeinsamen Interessen aller Teilnehmer an der Gemeinschaft. Das ist manchmal äußerst schwierig, weil sich die Regierungen der Mitgliedsstaaten nur ungern etwas diktieren lassen wollen. Dennoch: Die EU-Kommission handelt ja nur auf der Grundlage der gemeinsamen Beschlüsse. Sie setzt in der Regel bloß jene Politik um, die alle Regierungsvertreter einmal gemeinsam beschlossen haben.

EU-Kommissare bei ihrer Sitzung

Die Kommissare: Die Führung der EU-Kommission besteht aus einem Kommissar pro Land. Der Kommissionspräsident wird von den Staats- und Regierungschefs dem Europaparlament vorgeschlagen. Das Parlament stimmt sowohl über den Präsidenten als auch über dessen Team an Kommissaren ab.
Die Kommissare sind mit Fachministern einer Regierung vergleichbar. Der eine befasst sich mit der Verkehrspolitik, der andere mit Umweltpolitik usw. Jeder Kommissar hat ein eigenes sogenanntes „Kabinett" aus Vertrauten. Sie beraten ihn und bereiten Entscheidungen vor. Ähnlich den Fachministern müssen die Kommissare auch dem Europäischen Parlament Rede und Antwort stehen.
Da die Kommissare eine schwierige Aufgabe zu erfüllen haben, die oft mit Konflikten mit einzelnen Mitgliedsstaaten verbunden sind, werden sie durch eine besondere Unabhängigkeit geschützt. Sie können von den Mitgliedsstaaten nicht abgesetzt werden. Nur das Europaparlament hat die Möglichkeit, durch einen Misstrauensantrag die Absetzung der Kommissare zu erzwingen.

Wichtige Beschlüsse in der Kommission werden jeweils nur im ganzen Gremium der Kommissare entschieden. So muss ein Kommissar oft auch über Fragen entscheiden, die nicht in seinem Fachgebiet liegen. Allerdings hilft ihm sein Kabinett, all diese Entscheidungen vorzubereiten.

Der Kommissionspräsident: Namen wie Jacques Delors, Jacques Santer, Romano Prodi, José Manuel Barroso oder Jean-Claude Juncker und Ursula von der Leyen sind uns bekannt, weil sie die Europäische Kommission leiten oder geleitet haben. Jeder für sich hat der Arbeit der zentralen Planstelle der EU seinen persönlichen Stempel aufgedrückt. Als erste Frau wurde im Juni 2019 die deutsche Politikerin Ursula von der Leyen als neue Kommissionspräsidentin designiert. Sie stellte darauf das Team der Kommissare und Komissarinnen gemeinsam mit den EU-Regierungen zusammen. Als Chefin der mächtigen Brüsseler Behörde legt die Präsidentin die politischen Leitlinien für die Kommission fest und leitet deren wöchentliche – meist am Mittwoch stattfindende – Sitzung. Bei EU-Gipfeltreffen der Staats- und Regierungschefs sitzt die Präsidentin als Vertreterin der Kommission mit am Tisch. Die Kommissionspräsidentin kann einzelne Kommissare, die ihre Arbeit nicht gut erledigen, zum Rücktritt auffordern.
Seit 2014 gilt die Regel, dass jene politische Gruppierung, die bei den Europawahlen die meisten Stimmen erhält, auch den Präsidenten/die Präsidentin der EU-Kommission stellen darf.

Alte Europakarte (16. Jahrhundert): Die EU ist ständig im Wandel

Die Aufgaben

Die EU-Kommission hat drei Tätigkeitsfelder:

1. **Umsetzung von EU-Recht.** Sie sorgt dafür, dass die gemeinsam beschlossenen Verträge und Richtlinien in der gesamten Europäischen Union umgesetzt werden. Verstößt ein Mitgliedsstaat gegen die getroffenen Vereinbarungen, so kann die Kommission beim Europäischen Gerichtshof eine Klage einreichen. Sie kann zur besseren Umsetzung der gemeinsamen Politik beitragen, aber auch selbständig Verordnungen erlassen.

2. **Erarbeitung neuen EU-Rechtes.** Sie erarbeitet Vorschläge für neue Gesetze, die unionsweit gelten. Die EU-Kommission wird deshalb auch als „Motor der Integration" bezeichnet. Selbst beschließen kann sie dieses neue EU-Recht aber nicht. Dafür müssen die Regierungsvertreter im Rat der Europäischen Union zusammentreffen und eine gemeinsame Entscheidung treffen, wobei auch das Europäische Parlament eingebunden ist. Manchmal ist es auch notwendig, dass die Kommission mit Nicht-EU-Staaten über gemeinsame Abkommen – etwa über Erleichterungen im Handel oder über Kooperation im Umweltbereich – verhandelt.

Budget-Zuständigkeiten. Die EU-Kommission ist für die Abwicklung der Zahlungen im Rahmen des EU-Budgets zuständig. Das Europäische Parlament muss aber dem jährlichen EU-Haushalt und der siebenjährigen Haushaltsplanung zustimmen.

3. **Zahlstelle der EU**. Die Kommission wickelt auch den Großteil des gemeinsamen EU-Haushalts ab. 95 Prozent der EU-Gelder werden von ihr verwaltet. Das meiste Geld geht in die gemeinsame Agrarpolitik und in die Förderung von ärmeren Regionen.

Von der Krümmung der Gurke

Für die Schaffung des einheitlichen Binnenmarkts war eine größere Anzahl von Regelungen notwendig. Aus jener Zeit stammen auch die meisten Vorwürfe, wonach die EU an einem „Regulierungswahn" leide.

Freilich waren in vielen Fällen die Mitgliedsländer selbst schuld an der Gesetzesflut, weil sie ausländische Produkte vom eigenen Markt fernhalten wollten. So hat etwa Frankreich über Staubsauger aus Großbritannien ein Importverbot verhängt, weil sie angeblich zu laut wären. Die Folge: Die EU-Kommission musste eigene Lärmgrenzen für solche Haushaltsgeräte einführen. Ein anderes Beispiel ist eine Vorschrift über die Krümmung von Gurken. Sie stammt ursprünglich von einem weltweiten Standard der UNO. Dabei kam man einem Wunsch der Großhändler nach, die gerade gewachsene Gurken bevorzugten. Denn damit wurde auch die einheitliche Verpackung erleichtert.

In letzter Zeit wurden solche überflüssigen oder gar sinnlosen Regelungen wieder abgeschafft. Jene über die Gurkenkrümmung wurde bereits 2009 ersatzlos gestrichen.

Die Europäische Kommission ist der größte Arbeitgeber unter den EU-Institutionen. In ihr und den ihr zugehörigen Stellen sind rund 32.000 Personen beschäftigt. Das sieht nur auf den ersten Blick viel aus. Denn die Stadtverwaltung von Paris hat mehr Beamte als die Kommission, die letztlich für 448 Millionen EU-Bürger zuständig ist. Die eigentliche EU-Verwaltung umfasst 36 Generaldirektionen (z. B. Haushalt, Binnenmarkt, Regionalpolitik usw.). Sie bilden den eigentlichen Kern der Kommission. Jede dieser sogenannten „GD" wird durch einen Generaldirektor geleitet.

Die EU-Kommission umfasst nicht nur die Dienststellen in Brüssel. In jedem Mitgliedsland und in zahlreichen Nicht-EU-Ländern unterhält die Kommission eigene Vertretungen. Sie sind Anlaufstelle für Bürger und kümmern sich um die Umsetzung der EU-Politik vor Ort. Sie bieten auch Informationen über europäische Themen.

Karriere in der EU-Verwaltung

Die EU-Institutionen bieten eine Vielzahl attraktiver Beschäftigungen an. Von Sekretariatsarbeit bis zu wissenschaftlichen und politischen Tätigkeiten ist das Spektrum äußerst groß. Vor allem für junge Menschen, die gerne international tätig werden wollen und einen Arbeitsplatz in einem anderen Land nicht scheuen, bietet die EU tolle Karrierechancen. Die Bezahlung ist im Vergleich zu einer Beschäftigung in den meisten nationalen Verwaltungen deutlich besser. Sie berücksichtigt sowohl den Familienstand als auch die Tatsache, dass die Tätigkeit meist außerhalb des Heimatlands erbracht wird.

Auf junge Menschen warten interessante Jobs in der EU-Verwaltung

Welche Voraussetzungen sind für einen EU-Job notwendig?

- Staatsbürgerschaft eines Mitgliedsstaats oder eines Staates, der bereits Kandidat für eine Mitgliedschaft ist.
- Gute Kenntnisse in mindestens einer Amtssprache der EU (zusätzlich zur Muttersprache).

Beamter bei den Europäischen Organisationen kann nur werden, wer erfolgreich an einem Auswahlverfahren (mit schriftlichen Prüfungen) teilgenommen hat. Darüber hinaus gibt es eine begrenzte Zahl von befristeten Dienstverträgen, für die das nicht notwendig ist. Informationen zu einer Karriere in der EU samt Ausschreibungen neuer Jobs bietet eine eigene Homepage der EU-Kommission: https://epso.europa.eu/home_de
Wer einmal testen möchte, ob ihm ein Posten in der EU gefallen könnte, der kann sich für ein Praktikum bewerben (siehe Anhang).

2.6 Der Europäische Gerichtshof

Der Beitritt zur Europäischen Union ist ein großer Schritt. Denn mit ihm muss jedes Land einen Teil seiner Macht abgeben. So hat auch das Europarecht Vorrang vor den einzelnen nationalen Gesetzen. Was von allen EU-Regierungen beschlossen wird, muss in allen Mitgliedsstaaten umgesetzt werden, selbst dann, wenn es bisher bestehenden Regeln in einem Mitgliedsstaat widerspricht.

Über die Einhaltung und einheitliche Auslegung der europäischen Rechtsvorschriften wacht der „Europäische Gerichtshof", der in Luxemburg angesiedelt ist. 27 Richter (aus jedem Mitgliedsland einer) und neun Generalanwälte sind die obersten Schiedsrichter bei allen Streitfällen um die gemeinsam aufgestellten Regeln. Der EuGH ist zuständig für Klagen einer EU-Institution, eines Unternehmens, eines Mitgliedslandes oder eines einzelnen Bürgers. Da er über die Auslegung von Gemeinschaftsrecht das letzte Wort spricht, ist der Gerichtshof auch für die Weiterentwicklung von EU-Recht verantwortlich.
Eine Klage auf Verletzung des EU-Vertrags kann die EU-Kommission oder jeder Mitgliedsstaat erheben: Stellt das Höchstgericht fest, dass sich ein Mitgliedsland nicht an gemeinsame Regeln gehalten hat, kann dieses gerügt oder – falls es sich uneinsichtig zeigt – sogar zu einer empfindlichen Geldbuße verurteilt werden.
Unternehmen, Bürgerinnen und Bürger können sich an die Höchstrichter wenden, wenn sie glauben, durch Entscheidungen von EU-Institutionen oder von nationalen Behörden geschädigt worden zu sein. Der Gerichtshof kann auch einzelne EU-Institutionen wegen Untätigkeit bestrafen. So hat das Europäische Parlament einmal den Rat der EU-Verkehrsminister erfolgreich wegen Untätigkeit angezeigt. Die Verkehrsminister hatten eine heikle Entscheidung zu lange vor sich hergeschoben.

Das Symbol für Grundrechte und Justiz

Oft wenden sich nationale Gerichte, die bei Rechtsverfahren EU-Recht anwenden müssen, um Rat an den EuGH (sogenannte Vorabentscheidung). Durch solche Verfahren, die der EuGH als Service für die nationalen Gerichte anbietet, soll sichergestellt werden, dass EU-Recht überall einheitlich ausgelegt wird.
Verfahren beim EuGH sind in der Regel sehr zeitaufwendig und können leicht mehrere Jahre in Anspruch nehmen. Nicht zuletzt deshalb, weil die Einreicher der Klage ein Recht darauf haben, alle Unterlagen in der jeweiligen EU-Amtssprache zu erhalten.
Es gibt mündliche und schriftliche Verfahren. Die Kosten der Verfahren können erheblich sein. Aber Kläger, die nur wenig eigene finanzielle Mittel haben, können auch einen Antrag auf Prozesskostenhilfe stellen.
Dem EuGH ist als eigenständiges Gericht das „Gericht erster Instanz" angeschlossen. Seine Hauptaufgabe ist die Befassung mit Klagen von Personen und Firmen gegen EU-Institutionen. Dieses Gericht besteht auch ab 2019 aus 56 Richtern oder Richterinnen, ihm gehören keine Generalanwälte an.

Die Europäische Staatsanwaltschaft

Mit 1. Juni 2021 hat die Europäische Staatsanwaltschaft (EUStA) ihre Arbeit in vorerst 22 teilnehmenden EU-Ländern (darunter Österreich) aufgenommen. Diese unabhängige Institution hat ihren Sitz in Luxemburg und geht gemeinsam mit nationalen Justizbehörden gegen Großkriminalität zulasten des EU-Haushalts und Betrug vor. Geleitet wird sie von einer Europäischen Generalstaatsanwältin/einem Europäischen Generalstaatsanwalt, deren/dessen einmalige Amtszeit sieben Jahre beträgt.

Beispiele: Urteile mit großen Folgen

Cassis-de-Dijon-Entscheidung: Einem deutschen Importeur war die Einfuhr eines französischen Likörs aus schwarzen Ribiseln (französisch Cassis) untersagt worden, weil die Spirituose nach deutschen Vorschriften zu wenig Alkohol enthielt. Der Gerichtshof entschied 1979 in einem richtungsweisenden Urteil, dass ein Produkt, das in einem Mitgliedsland rechtmäßig hergestellt wird, in allen EU-Ländern verkauft werden dürfe. Ein Prinzip, das für den 1992 geschaffenen Binnenmarkt zur Grundregel wurde. Freilich werden manchmal Ausnahmen davon gemacht, wenn nationale Behörden auf Vorschriften im Gesundheitsbereich verweisen. So darf etwa schwedischer Kautabak (Snus) nur in Schweden verkauft werden. Anfang 2004 gab der EuGH den französischen Behörden bei einer Klage des österreichischen Energy-Drink-Erzeugers „Red Bull" Recht, der Muntermacher blieb in Frankreich wegen des hohen Koffein-Gehalts bis Ende 2008 verboten.

Wehrpflicht-Scharmützel: Auch um die Wehrpflicht von EU-Bürgern hat sich der EuGH gleich mehrfach gekümmert. Im Jahr 2000 bekam eine junge Deutsche, die als Berufssoldatin bei der deutschen Bundeswehr arbeiten wollte und abgelehnt worden war, Recht. Die Bundeswehr muss seither auch Frauen als Berufssoldaten anstellen. Doch zwei Jahre später blitzte ein junger Deutscher mit einer ähnlichen Klage wegen Ungleichbehandlung ab. Er hatte in der ausschließlich für männliche Staatsbürger geltenden Verpflichtung zum Militärdienst eine Diskriminierung erkannt und wollte mit seiner Klage die Wehrpflicht kippen. Doch das EU-Höchstgericht entschied gegen den jungen Mann: Staatsbürgerliche Pflichten wie der Wehrdienst blieben vom Diskriminierungsverbot unberührt, hieß es in der Urteilsbegründung.

Facebook und Datenschutz: Der österreichische Jurist und Datenschützer Max Schrems warf dem US-Konzern Facebook Verstöße gegen mehrere Regelungen zum Schutz personenbezogener Daten vor. Er brachte eine Sammelklage, der sich über 20.000 Nutzer anschließen wollten, gegen das Online-Netzwerk, das in der EU in Irland seinen Firmensitz hat, ein. Der EuGH fällte im Juli 2020 ein Urteil, wonach

Wer ist wofür zuständig?
Nach dem Subsidiaritätsprinzip, das in Artikel 5 des EU-Vertrags verankert wurde, kann die Europäische Union nur dann tätig werden, wenn sie in der Lage ist, effizienter zu handeln als die Mitgliedsländer. Hält sich die EU nicht daran, können Mitgliedsländer gegen die EU eine Klage einbringen.

das US-Recht den Schutz personenbezogener Daten aus der EU nicht angemessen gewährleisten kann. Damit wurde US-Firmen untersagt, solche Daten aus der EU in die USA zu übertragen und dort zu speichern.

2.7 Die Europäische Zentralbank – Hüterin des stabilen Euros

Am 1. Jänner 2002 wurde der Euro als offizielles Bargeld in 12 EU-Ländern eingeführt. Inzwischen bezahlen rund 337 Millionen Bürger/innen in 19 EU-Staaten ihre Einkäufe mit dem Euro. In Österreich löste damals der Euro den Schilling ab.
Mit der Einführung des Euros als gemeinsame Währung haben bisher 19 EU-Staaten die „Europäische Zentralbank" (EZB) mit Sitz in Frankfurt mit der gemeinsamen Geldpolitik betraut. Unter den „alten" 14 EU-Mitgliedsländern sind dies alle mit Ausnahme von Schweden und Dänemark. Von den neuen Mitgliedsstaaten – die 2004 beigetreten sind – übernahm Slowenien 2007 als erster ebenfalls den Euro, 2008 Malta und Zypern, ab 2009 die Slowakei und 2011 Estland. 2014 folgte Lettland, 2015 Litauen. Auch in Montenegro und im Kosovo – Länder, die nicht der EU angehören – ist der Euro offizielles Zahlungsmittel.
Die EZB übernahm 1999 von den nationalen Zentralbanken die Zuständigkeit für die Währungspolitik in all jenen EU-Ländern, die den Euro einführten. Die Hauptaufgabe der EZB ist die Sicherung des Wertes des Euros, also die Gewährleistung von stabilen Preisen. Im „Euro-Raum" ist die Preisstabilität gesichert: Gab es früher in einzelnen Ländern zweistellige Inflationsraten, so liegt die durchschnittliche Teuerungsrate in den Euro-Ländern seit Jahren bei höchstens 2,5 Prozent.
Die EZB überwacht gemeinsam mit den nationalen Zentralbanken die Finanzpolitik in den am Euro teilnehmenden Ländern. Diese müssen strikte Auflagen, die sogenannten „Konvergenzkriterien", einhalten. Dazu gehören strenge Grenzen bezüglich der Neuverschuldung und der Gesamtschulden eines Staates, um den Wert des Euros zu sichern und die Inflation (Wertverlust des Geldes) niedrig zu halten.
So soll ein Staat jährlich höchstens 3 Prozent des Bruttoinlandsprodukts (BIP = Summe der gesamten Wirtschaftsleistung in einem Land) an neuen Schulden aufnehmen. Die Gesamtverschuldung soll 60 Prozent des BIP nicht übersteigen.
Im Jahr 2010 traten Ungleichgewichte in der Währungsunion offen zu Tage. So häufte Griechenland enorm hohe Schulden an und musste durch Kredite und Garantien der anderen Euro-Länder vor einer Staatspleite gerettet werden. Damit wurde allerdings eine einstige Vereinbarung bei der Schaffung der Währungsunion, wonach Länder, die zu viele Schulden machten, nicht andere EU-Länder, die sparsamer wirtschafteten, um Hilfe bitten sollten („No bail-out-Bestimmung") gebrochen. Doch aus Angst, dass einzelne Euro-Länder die gesamte Währungs-

zone in den Abgrund mitreißen könnten, wurden mehrere Rettungspakete gegen den drohenden Zerfall der Euro-Zone beschlossen. Wegen der Corona-Epidemie wurde 2020 die strenge Grenze für Verschuldungen der Mitgliedsstaaten vorerst aufgehoben.

Symbol der Wirtschafts- und Währungsunion

Hauptaufgaben der EZB:
- Festlegung der Wechselkurse zu anderen Währungen
- Kontrolle eines Teils der Devisen- und Goldreserven der Mitgliedsländer
- Vertretung des Euros auf den internationalen Geldmärkten

Da hinter dem Euro die Volkswirtschaften von derzeit 19 Ländern stehen, passieren Spekulationen auf den Devisenmärkten gegen den Euro nicht mehr so leicht wie früher gegen die Währung eines einzelnen Landes. Eine nationale Notenbank musste früher ganz allein mit Devisenvorräten die eigene Währung durch Ankäufe stützen, wenn diese – z. B. infolge von Spekulationen – an Wert verlor. So wurde manchmal innerhalb weniger Tage ein Großteil der Devisenreserven ausgegeben. Das konnte einen gewaltigen finanziellen Verlust für einen Staat bedeuten.
Die EZB ist als eigene Institution der EU unabhängig in ihren Handlungen. Weder nationale Regierungen noch EU-Institutionen dürfen ihr Weisungen erteilen. Einmal im Monat kommen die Chefs der nationalen Notenbanken – also auch der Gouverneur der Oesterreichischen Nationalbank (OeNB) – zu Tagungen des EZB-Vorstands in Frankfurt zusammen und besprechen dabei Probleme im Euro-Raum wie auch die internationale Finanzlage. Dabei wird unter anderem über den jeweiligen Zinssatz im Euro-Raum, zu dem sich Banken Geld ausborgen können, entschieden. Ein niedriger Zinssatz wird allgemein als Belebung der Konjunktur verstanden, weil Unternehmen für neue Investitionen – etwa zur Anschaffung neuer Maschinen – günstigere Kredite aufnehmen können. Bei Überhitzung der Konjunktur, wenn also zu viel Geld ausgeborgt wird, schränkt die EZB die im Umlauf befindliche Geldmenge ein, um die Inflation zu bremsen. Der Zinssatz steigt. Kredite werden dadurch wieder teurer. Aber auch die Sparzinsen steigen.

Euro-Banknoten. Die ersten Euro-Scheine entwarf ein österreichischer Grafiker. Sie zeigen verschiedene Architektur-Stile. Da die Scheine in allen Euro-Ländern im Umlauf sind, wurden keine wirklichen Bauten abgebildet. Nur auf den Euro-Münzen gibt es nationale Symbole wie Persönlichkeiten oder Sehenswürdigkeiten.

Im „Europäischen System der Zentralbanken" ist die EZB mit allen nationalen Zentralbanken – also auch jenen, die nicht am Euro teilnehmen – vertreten. Dabei werden alle Fragen der Geldpolitik in der EU besprochen.
Die Europäische Zentralbank fällt in der deutschen Finanzmetropole Frankfurt am Main mit einem neuen, imposanten Bürogebäude auf. Das österreichische Architekten-Büro „Coop Himmelb(l)au" hat dazu die Pläne entworfen: Zwei ineinander verschraubte Wolkenkratzer beherbergen die Büroräume der EZB als neues Wahrzeichen des „Euro".

EZB-Gebäude in Frankfurt

2.8 Das EU-Budget

Die Europäische Union braucht zur Umsetzung ihrer Aufgaben jedes Jahr genügend Geld. Die Union sorgt dafür, dass ärmere Regionen unterstützt werden. Ein weiterer großer Anteil der EU-Ausgaben fließt in die Landwirtschaft. Die Bauern sind nämlich nicht nur Produzenten von Lebensmitteln, sondern erhalten mit ihrer Arbeit auch die wunderschönen Landschaften unseres Kontinents. Durch die EU-Agrarhilfe wird nicht nur erreicht, dass die Preise für Lebensmittel in erträglicher Höhe bleiben. Sie schützt auch die Existenz vieler landwirtschaftlicher Betriebe.

Milliarden an Hilfe für die Landwirtschaft, hier die Blüte einer Gurkenpflanze

Aber auch in anderen Bereichen sorgt die EU mit ihren eigenen Geldmitteln für den Aufbau und Fortbestand von Unternehmen. So fließen Mittel in jene Regionen, die einen großen wirtschaftlichen Aufholbedarf haben. Darüber hinaus werden EU-Mittel auch für die gemeinsame Außenpolitik, Entwicklungspolitik, für Maßnahmen zur Förderung der inneren Sicherheit und vieles mehr ausgegeben.

Der EU-Haushalt
Beispiel für das Jahr 2021:

1. Binnenmarkt, Innovation und Digital	17.191,6 Mio. €
2. Kohäsion	66.153,8 Mio. €
a) Wirtschaftlicher, sozialer und territorialer Zusammenhalt	61.867,9 Mio. €
b) Widerstandsfähigkeit und Werte	4.285,9 Mio. €
3. Natürliche Ressourcen und Umwelt	56.804,2 Mio. €
4. Migration und Grenzmanagement	2.686,2 Mio. €
5. Sicherheit und Verteidigung	670,6 Mio. €
6. Europa in der Welt (Finanzierung von außenpolitischen Projekten, Entwicklungshilfe, Katastrophenhilfe)	10.811,0 Mio. €
7. Verwaltungsausgaben	10.449,6 Mio. €
8. Besondere Instrumente	1.293,5 Mio. €
Gesamtsumme:	**166.060,5 Mio. €**

Bemerkenswert ist, dass die Verwaltungskosten der EU einen relativ kleinen Teil (7%) der gemeinsamen Ausgaben ausmachen. Immerhin werden mit diesem Geld (10,4 Milliarden Euro für Verwaltung, 2021) nicht nur die rund 32.000 Mitarbeiter in der EU-Kommission finanziert, sondern auch jene des EU-Rates, des EU-Parlaments, des EU-Rechnungshofs oder des Europäischen Gerichtshofs.

Schulden: Zur Finanzierung des Budgets (2021–2027) (Next Generation EU) wird die EU-Kommission Geld auf den Kapitalmärkten aufnehmen. Es wird dann über einen längeren Zeitraum (bis 2058) zurückgezahlt werden.
Sieben-Jahres-Plan: Der Haushaltsplan wird immer für sieben Jahre festgelegt. Jedem dieser Finanzpläne gehen schwierige Verhandlungen zwischen den Mitgliedsstaaten voraus. Denn es geht dabei um eine gerechte Aufteilung der Kosten.

Wie viel zahlt jeder Mitgliedsstaat in das gemeinsame Budget ein?
Die Mitgliedsstaaten zahlen nur einen Teil ihrer Beiträge direkt an die EU. Einige Beiträge sind lediglich Durchlaufposten. So heben die EU-Länder Zölle im Handel mit Drittstaaten (Nicht-EU-Länder) ein. Diese Zölle werden an die Europäische Union weitergereicht. Der größte Anteil der Mitgliedsbeiträge errechnet sich aus dem sogenannten Bruttonationaleinkommen. Das ist ein Faktor, der die Wirtschaftskraft jedes Mitgliedsstaats darstellt. Reichere Länder zahlen mehr, ärmere weniger.

Finanzierung des EU-Haushalts:
Aus diesen Teilen errechnet sich der Beitrag jedes Mitgliedsstaats:
1. Agrarabschöpfung und Zölle: Agrarabschöpfungen werden bei der Einfuhr von Agrarerzeugnissen aus Drittstaaten (Nicht-EU-Länder) eingehoben. So ist es auch mit den Zöllen auf sämtliche anderen Waren aus Drittländern.
2. Mehrwertsteuereigenmittel: Die Mitgliedsstaaten führen einen geringfügigen Anteil (zuletzt zwischen 1,0 und 0,5 Prozent) ihrer Mehrwertsteuereinnahmen an die EU ab.
3. Bruttonationaleinkommen-Beitrag: Dieser Beitrag errechnet sich aus den gesamten wirtschaftlichen Einnahmen eines Landes. Reichere Länder zahlen also mehr als ärmere ein. Dieser Teilbeitrag ist derzeit der größte Anteil der Einnahmen der EU.
4. Sonstige Einnahmen: Neu ist eine Abgabe auf Plastikmüll, die von den Mitgliedsländern an das EU-Budget zu zahlen ist. Zusätzliches Geld fließt etwa durch die Steuern der EU-Bediensteten oder Geldstrafen für die falsche Verwendung von EU-Förderungen oder für Verstöße von Unternehmen gegen den freien Wettbewerb in das Gemeinschaftsbudget.

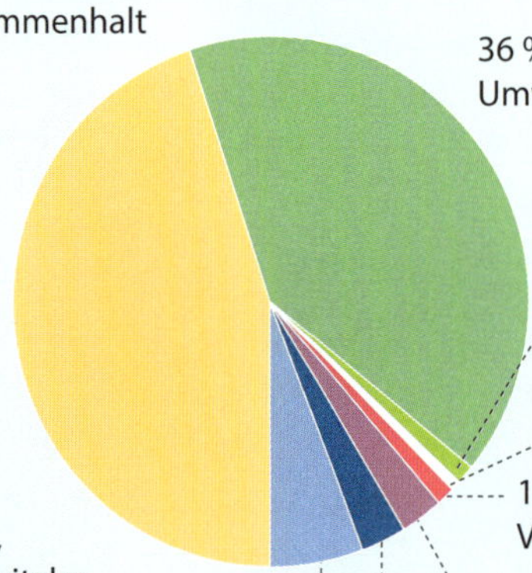

EU Haushalt 2020

Neue Einnahmequelle. Ab 2021 wird eine mengenbezogene Abgabe auf nicht recycelbare Plastikverpackungen in jedem Land eingehoben. Die seit vielen Jahren diskutierte Abgabe auf Finanztransaktionen wurde wegen des Widerstands einiger Mitgliedsstaaten bis heute nicht eingeführt.

Netto-Beitrag: Da die EU-Mitgliedsstaaten nicht nur Gelder an Brüssel überweisen, sondern viele Gelder in Form von Förderungen auch wieder zurückerhalten, ist für sie vor allem der Netto-Beitrag von Bedeutung. Um ihn zu errechnen, werden von den Zahlungen an die EU jene Beiträge abgerechnet, die z. B. von der EU in die jeweilige nationale Landwirtschaft oder die Förderung ärmerer Regionen fließen. Der Netto-Beitrag liegt naturgemäß deutlich unter jenem Beitrag, den die Mitgliedsstaaten an Brüssel überweisen. Viele Länder erhalten sogar mehr Geld von der EU

zurück, als sie einzahlen. So profitierten etwa Spanien, Portugal, Griechenland und Irland jahrzehntelang auch finanziell von der EU-Mitgliedschaft. Mit dem Geld aus Brüssel wurden in diesen Ländern unter anderem Straßen, Schienenverbindungen, Kläranlagen und viele andere sogenannte Infrastruktur-Projekte finanziert. Durch diese Hilfe konnten die Länder ihren wirtschaftlichen Rückstand gegenüber den reicheren mitteleuropäischen Ländern aufholen. Irland etwa zählte, ehe es 2008 von der Banken- und Finanzkrise schwer getroffen wurde, zu den reichsten EU-Ländern. Eine ähnliche Hilfe erhalten nun die Mitgliedsstaaten aus Mittel- und Osteuropa: Polen, Ungarn oder Rumänien erhalten jedes Jahr Milliarden Euro aus dem gemeinsamen Budget.
Deutschland und Österreich zählen so wie zahlreiche andere EU-Länder seit ihrem Beitritt zu den Nettozahlern. Das heißt, sie zahlen mehr in den EU-Haushalt ein, als sie in Form von Förderungen zurückerhalten.

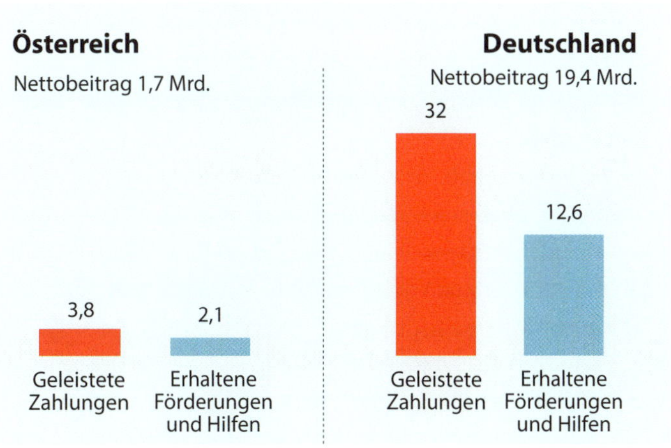

Zahlungen und Förderungen 2020 (in Milliarden Euro)

EU-Budget ist anders. Zwischen dem EU-Budget und nationalen Budgets gibt es große Unterschiede. So wird der Haushalt eines Mitgliedsstaates durch Einnahmen aus Steuern (Mehrwertsteuer, Einkommenssteuer, Körperschaftssteuer (auf Gewinne von Unternehmen) finanziert. Ein Staat muss im Gegensatz zur EU auch Mittel für das Gesundheitswesen, Schulen oder Polizei und Militär aufbringen. Daher sind nationale Budgets weit höher als der gemeinsame Haushalt der EU.

Der Rechnungshof

Der Europäische Rechnungshof prüft die Rechnungen über alle Einnahmen und Ausgaben der Europäischen Union. Er stellt fest, ob alle Gelder ordnungsgemäß verwendet und abgerechnet wurden. Stellt der in Luxemburg angesiedelte Rechnungshof in einem seiner jährlich erarbeiteten Berichte Fehler fest, müssen diese korrigiert werden.

OLAF: Die Betrugsbehörde

Jahr für Jahr gehen der Europäischen Union Millionen Euro durch rechtswidrige Handlungen verloren. Um dieser Entwicklung entgegenzuwirken, wurde OLAF (Abkürzung für Office Européen de Lutte Anti-Fraude, zu Deutsch Europäisches Amt für Betrugsbekämpfung) gegründet, eine unabhängige Behörde, die sich darum bemüht, Betrug mit EU-Geldern aufzudecken.

Polizeiaufgaben.
OLAF beschränkt sich in seiner Arbeit auf Straftaten, die zu Lasten der Europäischen Union gehen. Für den Kampf gegen internationale organisierte Kriminalität sind in der EU zwei andere Ämter zuständig:

- Eurojust: Die Justizbehörde für grenzüberschreitende Strafverfahren hat ihren Sitz in Den Haag
- Europol: Das Europäische Polizeiamt in Den Haag unterstützt die nationalen Strafverfolgungsbehörden.

Betrug.
OLAF deckte 2017 auf, dass chinesische Exporteure den Wert von in die EU gelieferten Textilien und Schuhen jahrelang viel zu niedrig angegeben haben. Dadurch entgingen dem EU-Haushalt mindestens zwei Milliarden Euro an Zöllen und Abgaben. Die falsch deklarierten Waren wurden meist über Großbritannien in die EU geliefert. Die britischen Behörden sollen Hinweise auf diesen Zollbetrug jahrelang nicht ernst genommen haben.

OLAF – Europäisches Amt für Betrugsbekämpfung

Seit 1999 bemühen sich die Mitarbeiter

- um das Aufdecken und Verfolgen von Betrug beim Handel mit Nicht-EU-Ländern (Zoll),
- um das Aufdecken von Missbrauch bei der Verwendung von EU-Subventionen,
- um den Kampf gegen Korruption bei jenen Stellen, die für die Abwicklung von EU-Förderungen zuständig sind,
- um alle jene Verstöße, die einen finanziellen Schaden für die Europäische Union verursachen.

OLAF-Mitarbeiter haben das Recht, Büros und Geschäftsstellen, die mit der Abwicklung von EU-Geldern beschäftigt sind, jederzeit zu kontrollieren. Sie können unangemeldet Hausdurchsuchungen durchführen und in Firmenzentralen Einsicht in sämtliche Unterlagen nehmen. OLAF hat unter anderem gemeinsam mit der italienischen Justiz aufgedeckt, dass eine europaweit agierende Organisation systematisch Zigaretten über gefälschte Zollpapiere und Scheinfirmen importiert hat. Über derartige Tricks wurden Mehrwertsteuer-Abgaben in Millionenhöhe hinterzogen.

Beispiel: EU-Förderprojekt Galileo

Wer ein Navigationssystem auf dem Handy oder im Auto benützt, ist auf eine Verbindung zu Satelliten angewiesen. Derzeit dient dafür hauptsächlich das US-amerikanische GPS-System. Doch um unabhängig zu sein, will auch die EU über ein eigenes Satelliten-Navigationssystem verfügen. Im laufenden siebenjährigen Haushaltsplan (2014 bis 2020) sind für dessen Aufbau über 7 Milliarden Euro vorgesehen. Das Programm Galileo ist die europäische Initiative zum Aufbau eines globalen Satellitennavigationssystems unter ziviler Kontrolle, das in der ganzen Welt eine sehr genaue Positionsbestimmung ermöglicht. Nach seiner Fertigstellung wird das gesamte System aus 30 Satelliten und der dazugehörigen Bodeninfrastruktur bestehen. Galileo wird mit den beiden anderen globalen Satellitennavigationssystemen GPS und GLONASS (Russland) kompatibel sein.

Wissens-Check:

1 Was ist der Europäische Rat?

1. Die Sitzung der Fachminister aller EU-Regierungen
2. Eine Organisation in Straßburg, die sich mit den Menschenrechten befasst
3. Das Treffen aller EU-Staats- und Regierungschefs – auch EU-Gipfel genannt
4. Die Sitzung der Gouverneure der Nationalbanken

2 Welche EU-Institution ist für die Planung und Verwaltung des Haushalts zuständig? Wer ist also die Zahlstelle?

1. Die Betrugsbehörde OLAF
2. Das Europäische Parlament
3. Die Europäische Zentralbank
4. Die Europäische Kommission

3 Was ist der Netto-Mitgliedsbeitrag eines EU-Landes für das Gemeinschaftsbudget?

1. Die gesamten Zahlungen an die EU
2. Die gesamten Zahlungen minus der Rückflüsse in Form von Förderungen und Hilfen
3. Das Geld, das nicht verbraucht wird und deshalb zurücküberwiesen wird
4. Die Zahl der Zustimmung eines Mitgliedslands zu neuen EU-Gesetzen

4 Wie werden die Botschafter der EU-Staaten in Brüssel genannt?

1. Hohe Diplomaten
2. Regierungsvertreter
3. Ständige Vertreter
4. Ständige Gesandte

5 Wofür ist der Parlamentspräsident des Europaparlaments zuständig?

1. Dass die Opposition eine Redezeit erhält
2. Dass die Abgeordneten ihre Spesen bezahlt bekommen
3. Für die Erstellung der Tagesordnung des Europaparlaments und dessen jährlichen Arbeitskalender
4. Für die Leitung der Sitzungen des Europaparlaments und die Vertretung des Europäischen Parlaments nach außen

Aufgabenstellung:

- Rat der EU, EU-Parlament, EU-Kommission: Beschreiben Sie kurz, welche Funktionen diese drei Institutionen haben.
- Beschreiben Sie in Kürze, wie ein EU-Gesetz zustande kommt. Wer erarbeitet es, wer beschließt es?
- In welcher EU-Institution würden Sie am ehesten selbst tätig sein wollen – und warum?

Internet-Aufgabe:

Besuchen Sie die Homepage des Europäischen Parlaments http://www.europarl.europa.eu. Suchen Sie die Informationen über die nächste Tagungswoche des Europaparlaments. Sie sollten sie unter www.europarl.europa.eu/plenary/de/home.html finden. Fassen Sie jene Themen der Tagungswoche des Europäischen Parlaments zusammen, die für Ihr Land von Bedeutung sein könnten.

Debatte:

In der öffentlichen Debatte wird oft kritisiert, dass die EU ein zu großes Budget hat. Gehen Sie in einer Diskussion mit mehreren TeilnehmerInnen die wichtigsten Ausgabenposten der EU durch.
Welche Ansicht haben Sie?
Was spricht für ein kleines Budget?
Was spricht für ein größeres Budget der Europäischen Union?

Selbstkontrolle:

Ich …	+	+/–	–
… kann die wichtigsten Institutionen der EU nennen			
… kann die Entstehung von Gesetzen auf EU-Ebene erklären			
… kenne die Aufgaben des Europäischen Parlaments			
… weiß, wofür es eine unabhängige Zentralbank für den Euro gibt			
… kenne die wichtigsten Ausgabeposten des EU-Budgets			

3 Die Aufgaben der Union

Lernziel Kapitel 3:
In diesem Kapitel sollen die Hauptaufgaben der Europäischen Union vermittelt werden. Ziel ist es, den Hintergrund für EU-Projekte wie der Einführung des Binnenmarkts, der gemeinsamen Außenpolitik oder der Einführung des Euros zu erkennen.

3.1 Binnenmarkt – der größte Markt der Welt

Die Europäische Union ist einst als Friedens- und Wirtschaftsgemeinschaft gegründet worden. Und dieser Kernbereich Wirtschaft dominiert noch immer die gemeinsame Politik. Das Ziel der gemeinsamen Wirtschaftspolitik ist ein hohes Wirtschaftswachstum, die Sicherung des Wohlstands durch Erhalt und Schaffung von Arbeitsplätzen und die Förderung ärmerer Regionen. Ein zentrales Instrument, um das zu erreichen, ist der gemeinsame Binnenmarkt. Schon in den Anfangsphasen der Gemeinschaft hat sich nämlich herausgestellt, dass die gegenseitigen Zölle unter den europäischen Staaten und die gegenseitigen Einfuhrbeschränkungen für Waren eine gesunde Wirtschaftsentwicklung behindern. Nationale Monopole etwa beim Telefon oder der Energieversorgung sorgten dafür, dass Konsumenten überhöhte Preise zahlen mussten. Mit der zunehmenden Globalisierung der Märkte – der Billigkonkurrenz aus Fernost und der Abhängigkeit von Konzernen, die wichtige Güter von Öl bis Software weltweit vermarkteten – war klar, dass Europa ein verbessertes Wirtschaftssystem braucht. Intern mussten alle Handelsschranken fallen und extern sollte künftig mit einer Stimme gesprochen werden. Nur so hat Europa eine Chance, im weltweiten Wettbewerb zu bestehen und seinen eigenen Wohlstand zu erhalten.

„Niemand verliebt sich in einen Binnenmarkt“, sagte der langjährige Kommissionspräsident Jacques Delors vor dem Start dieses großen wirtschaftlichen Projekts im Jahr 1992. Ihm war klar, dass die enge wirtschaftliche Zusammenarbeit zwar Grundlage für Wohlstand und Stabilität ist, aber noch lange keine europäische Identität schaffen wird.

Kopfbedeckungen der ehemaligen nationalen Zöllner im Schengen-Museum

© European Union, 2015

Symbol für die EU als globaler Akteur

Im Grunde hat sich die Europäische Union darum bemüht, selbst ein globaler Machtfaktor zu werden, dessen Stimme überall in der Welt zählt. Im Inneren aber sollten den eigenen Unternehmen die bestmöglichen Bedingungen geboten werden, um Arbeitsplätze zu erhalten und zu schaffen und weltweit konkurrieren zu können.

Der Binnenmarkt: Mit 448 Millionen Konsumenten ist die Europäische Union der größte Markt der Welt – größer als die USA. Damit die Wirtschaft im internen europäischen Handel florieren kann, wurde ein gemeinsamer Markt geschaffen. Jeder Anbieter in der EU hat damit die Möglichkeit bekommen, seine Waren oder Dienstleistungen in der ganzen Union anzubieten. Drei große Etappen brachten die Verwirklichung dieses Plans:

- 1968 wurde die Zollunion ausgerufen. Alle Zölle (Aufschläge für Waren, wenn sie von einem in ein anderes Land geliefert werden) sind für den Warenverkehr innerhalb der Mitgliedsstaaten aufgehoben worden.
- 1993 wurde der Binnenmarkt in Kraft gesetzt. Zahlreiche Gesetze wurden zuvor europaweit erlassen, die künftig alle Mengen- und sonstige Beschränkungen für den internen Handel abschafften. Gleichzeitig wurden Regeln für gleiche Normen und Standards beschlossen.
- 2002 wurde der Euro als gemeinsame Währung auch als Bargeld eingeführt. Er ist so etwas wie der Schlussstein des Binnenmarkts. Nun sind Preise europaweit vergleichbar. In 19 der 27 EU-Länder (Stand 2022) kann mit der gleichen Währung bezahlt werden.

Noch immer ist der gemeinsame Markt nicht perfekt. Denn einige EU-Länder haben noch immer spezielle Normen und Auflagen, die ihren eigenen Markt vor Konkurrenz aus anderen EU-Ländern abschotten. Aber bei vielen Produkten ist bemerkbar, dass sie nun überall in Europa erhältlich sind. Unternehmen aus einzelnen Mitgliedsstaaten, die sich getraut haben, in ganz Europa ihre Produkte anzubieten, haben daraus große Vorteile gezogen. Eines dieser positiven Beispiele ist die österreichische Firma „Red Bull", ein anderes der deutsche Spezialfahrzeughersteller Kässbohrer, der Pistenraupen für fast alle europäische Schigebiete liefert. Die EU-

Bürger bekamen durch den Binnenmarkt ein größeres Angebot und bei vielen Produkten auch ein besseres Preis-Leistungs-Verhältnis als zuvor.
Die EU-Kommission sieht die Bilanz des Binnenmarkts deshalb auch sehr positiv. Sie argumentiert, dass der gemeinsame Markt seit 1993 insgesamt 2,77 Millionen neue Arbeitsplätze geschaffen hat. Das soll natürlich nicht heißen, dass damit alle wirtschaftlichen Probleme Europas gelöst wurden. Die Globalisierung der Wirtschaft und die sensible Lage der Finanzmärkte haben nach wie vor negative Auswirkungen. Auch ist Europa durch die Globalisierung stärker als in der Vergangenheit von der wirtschaftlichen Entwicklung in anderen Erdteilen abhängig.

Zahlen und Fakten zum Binnenmarkt.
448 Mio. Konsumenten; innerhalb der EU werden pro Jahr Waren im Wert von 3061 Milliarden Euro gehandelt, mit einem Anteil von 15 Prozent des internationalen Warenverkehrs ist die EU nach China der zweitgrößte Exporteur der Welt.

Europas Reformziele

Die EU ist das Wohlstandszentrum Europas und trotz mancher Krisen eine Zone des Friedens und der Stabilität geblieben. Dennoch kämpfen die Mitgliedstaaten nach wie vor mit Problemen. Es gibt zum Beispiel eine zu hohe Jugendarbeitslosigkeit, die Umwelt wird zu wenig geschützt, und die Ausbildung der Bevölkerung ist unzureichend. Aus diesem Grund wurden in der EU mehrere Maßnahmen zur Verbesserung der Situation im Binnenmarkt in Angriff genommen.

Ziele der EU-Kommission zur Verbesserung des Binnenmarkts:

- Vollendung des Binnenmarkts für Waren und Dienstleistungen.
- Förderung von Investitionen in neue Technologien.
- Verbesserung der Rahmenbedingungen für Unternehmen, Erleichterung des Zugangs zu Märkten und Finanzmitteln, insbesondere für Klein- und Mittelbetriebe.
- Schaffung einer Kapitalmarktunion (gleiche Regeln für Banken und Finanzdienstleister), um auch kleineren Unternehmen die Kapitalbeschaffung zu erleichtern und Europa als Investitionsstandort attraktiver zu machen.
- Erleichterung für mobile Arbeitnehmer, die bereit sind, in einem anderen EU-Land zu arbeiten. Beispielsweise durch leichtere Anerkennung von Berufsqualifikationen.
- Fairere und einfachere Bedingungen für in- und ausländische Dienstleistungsunternehmen, die grenzüberschreitend tätig werden.
- Vermeidung von Sozialdumping – also der Reduzierung von Sozialleistungen und Löhnen durch unfaire Konkurrenz.
- Förderung der Zusammenarbeit zwischen nationalen Steuerbehörden, um Steuerbetrug zu verhindern.
- Schaffung eines digitalen Binnenmarktes mit faireren Chancen für europäische Digital-Unternehmen und besserer Sicherheit für Konsumenten
- Gemeinsame Bemühungen im Kampf gegen den Klimawandel – effizientere Nutzung von Energie und Ressourcen.

Europäische Sozialpartner. Damit weder Unternehmer noch Arbeitnehmer in der EU zu kurz kommen, werden sie in Brüssel aktiv von europaweit agierenden Sozialpartnern vertreten. Der Europäische Gewerkschaftsbund (EGB) achtet auf die Einhaltung der Arbeitnehmerrechte, die Europäische Vereinigung der Arbeitgeber- und Industrieverbände (Business Europe), der Europäische Zentralverband der öffentlichen Wirtschaft (CEEP) und Eurochambres, der Dachverband der europäischen Wirtschaftskammern, sorgen dafür, dass auch die Interessen der Arbeitgeber bei EU-Entscheidungen berücksichtigt werden.

Forschen an der Faculty of Robotics

Sozialer Binnenmarkt

Für die sozialen Bedingungen ihrer Bevölkerung sind in erster Linie die Mitgliedstaaten selbst zuständig. Sie sorgen z. B. für Hilfe bei Arbeitslosigkeit oder Krankheit und für ein abgesichertes Rentensystem. Doch der grenzüberschreitende Markt für Arbeitnehmer machte es notwendig, dass die EU-Regierungen auch gemeinsame Mindeststandards und Regeln zur Vermeidung unfairer Bedingungen am gemeinsamen Arbeitsmarkt festlegten. Diese umfassen:

- **Gleiche Bedingungen für Arbeitnehmer,** die außerhalb ihrer Heimat in einem anderen EU-Land arbeiten; Zugang zu den gleichen Löhnen und Sozialleistungen. Das gilt auch für Familienangehörige.
- **Gleiche Bedingungen für Frauen und Männer.** Bereits in den Gründungsverträgen der heutigen EU wurde festgeschrieben, dass Frauen und Männer bei gleicher oder gleichwertiger Arbeit den gleichen Lohn erhalten müssen.
- **Arbeitnehmerschutz.** In der EU sorgen soziale Mindeststandards dafür, dass Arbeitnehmer überall vor gesundheitsgefährdeten Bedingungen an ihrem Arbeitsplatz (z.B. Belastung durch Lärm, Rauch oder Staub) geschützt werden. Außerdem gibt es auch Mindeststandards für den Schutz werdender Mütter und eine wöchentliche Höchstarbeitszeit von 48 Stunden.
- **Hilfe gegen Arbeitslosigkeit.** Mit dem Europäischen Sozialfonds kann konkreten Problemen am Arbeitsmarkt auch mit gemeinsamen EU-Beihilfen entgegengewirkt werden. Mit dem Fonds werden Maßnahmen für mehr Beschäftigung und Ausbildung sowie zur Angleichung der Bedingungen von Arbeitnehmer/innen gefördert.

Arbeitswelt

So funktioniert der Binnenmarkt

Damit ganz Europa ein Markt wird, wurden vier Freiheiten eingeführt:

- Der freie Warenverkehr: Beschränkungen, Zölle und andere Handelshemmnisse innerhalb der EU sind verboten.
- Der freie Dienstleistungsverkehr/Niederlassungsfreiheit: Jeder Handwerker, jeder Architekt oder Ingenieur kann europaweit seine Dienste anbieten. Er kann sich in jedem Land der EU auch niederlassen.
- Der freie Kapitalverkehr: Es gibt keine Beschränkungen mehr, wenn jemand sein Geld in ein anderes EU-Land schickt, dort einkauft oder seine Sparguthaben anlegt.
- Der freie Personenverkehr: Jeder EU-Bürger, jede EU-Bürgerin kann in jedem EU-Land eine Arbeit annehmen und sich dort niederlassen.

Kernpunkt des Binnenmarkts ist der freie Wettbewerb. Kein Unternehmen soll mehr einen geschützten Markt oder gar ein Monopol haben. Die Konkurrenz in allen Wirtschaftsbereichen soll dazu beitragen, dass die Preise gerechtfertigt sind und alle Anbieter die gleichen Chancen vorfinden.

Die vier Freiheiten des Binnenmarkts: Freier Warenverkehr, freier Dienstleistungsverkehr, freier Personenverkehr, freier Kapitalverkehr

Wettbewerbshüter. Die EU-Kommission ist EU-weit für die Wettbewerbskontrolle zuständig. Das heißt, sie kontrolliert, ob sich Unternehmen absprechen, ob sie ihre marktbeherrschende Rolle ausnutzen oder es durch Zusammenschlüsse zu Monopolen und damit Nachteilen für Konsumenten kommt. Sie arbeitet dafür mit nationalen Wettbewerbsbehörden zusammen. Die EU-Kommission kann den geschätzten Schaden für die europäische Volkswirtschaft von den betroffenen Unternehmen zurückfordern. Das Geld fließt in den Gemeinschaftshaushalt.

Einkaufen in der EU

Strenge Kontrolle: Die Freiheiten und das System eines freien Wettbewerbs mögen gut klingen. All das kann aber erst funktionieren, wenn es streng kontrolliert wird. Die EU-Kommission sorgt mit ihrer permanenten Aufsicht dafür, dass es Unternehmen schwer gelingt, ungestraft Mitbewerber über einen längeren Zeitraum auszubooten. Das Problem sind aber nicht nur die Unternehmen selbst, die sich immer wieder Wege zur Umgehung des freien Wettbewerbs einfallen lassen. Auch die Mitgliedsstaaten haben oft nur ihre eigene Wirtschaft im Auge und versuchen heimische Betriebe zu bevorzugen.
Verstößt etwa ein Mitgliedsland gegen das Prinzip der Fairness im Binnenmarkt, kann die EU-Kommission gegen diesen Staat ein Vertragsverletzungsverfahren einleiten. Die EU-Kommission kann aber auch gegen einzelne Firmen vorgehen, die sich durch Tricks eine Monopolstellung geschaffen haben oder die mit anderen Unternehmen zum Schaden der Konsumenten die Preise abgesprochen haben. Solche „Kartelle" kommen freilich nicht nur in der EU vor. Die Verfahren der EU-Kommission richten sich deshalb auch gegen Unternehmen aus Ländern außerhalb der EU, die im europäischen Binnenmarkt ihre Geschäfte machen. Manchmal trifft es auch internationale Konzerne wie Microsoft oder Google. Die Europäische Kommission hat auch gegen solche Unternehmen bereits Strafen ausgesprochen. Sie hat dabei ein gutes Druckmittel in der Hand. Denn sie kann in letzter Konsequenz den Zugang dieser Produkte zumn Europäischen Markt beschränken.

Die härtesten Strafen der letzten Jahre

1. Weil Google Dienste in seinem Handy-Betriebssystem Android an die Verwendung der Google-APP gebunden hat, um seine Marktstellung noch zu verbessern, wurde gegen das Unternehmen eine Rekordstrafe von 4,34 Milliarden Euro verhängt.

2. Wegen Preisabsprachen wurde 2016 gegen führende LKW-Hersteller (MAN, Volvo/Renault, Daimler, Iveco und DAF) von der EU-Kommission eine Strafe von insgesamt 2,93 Mrd. Euro verhängt.

3. Wegen der Ausnutzung der marktbeherrschenden Stellung seiner Suchmaschine wurde der Internetkonzern Google 2017 zu einer Strafzahlung von 2,42 Milliarden Euro verpflichtet.

Beispiele für Wettbewerbsverfahren

Google: Die Suchmaschine des Internetkonzerns Google dominiert seit vielen Jahren den Markt. Deshalb beobachtete die EU-Kommission über einen längeren Zeitraum, ob das Unternehmen diese marktbeherrschende Stellung ausnutzt. Beim Preisvergleichsdienst des Unternehmens wurden die Beamten aus Brüssel fündig. Sie bemerkten, dass Google eigene Shopping-Dienste gegenüber der Konkurrenz bei den Suchergebnissen vorreihte und somit den Markt zum Schaden ihrer Kunden und anderer Händler bewusst verzerrte. Beide Seiten haben mehrfach versucht, den Konflikt beizulegen. Das Vorgehen der EU-Kommission führte sogar zu Spannungen zwischen der politischen Führung der USA und der EU. 2017 verhängte die EU-Wettbewerbskommissarin Margrethe Vestager eine Rekordstrafe von 2,42 Milliarden Euro gegen den Konzern. Außerdem wurde Google verpflichtet, diese Praxis umgehend zu ändern.

Margrethe Vestager verhängt eine Rekordstrafe gegen Google

© European Union, 2017

Bierkartell: Bei klassischen Preisabsprachen lässt die EU-Kommission nicht mit sich spaßen. Seit Jahren hatten die Beamten in Brüssel den Verdacht, dass einige große Brauereien in der EU ein Kartell bilden. Sie haben sich den Markt aufgeteilt und die Preise gemeinsam festgesetzt. So verurteilten die Brüsseler Wettbewerbshüter im Jahr 2001 Brauereien in Belgien und Luxemburg zu Millionenstrafen. Bei ihnen fanden die EU-Beamten Hinweise für verbotene Preisabsprachen und für eine gemeinsame Aufteilung des Marktes. Die belgische Interbrew S.A, zu der auch die deutsche Beck's-Brauerei gehört, wurde zur Zahlung von 46.487 Millionen Euro verurteilt, die Brauerei Alken-Maes zu 44.628 Millionen Euro und drei Luxemburger Brauereien zu gemeinsam 448.000 Euro.
Zwei Jahre später hat die EU-Kommission Brauereien bei einer umfassenden Preisabsprache am französischen Markt erwischt. Eine interne Notiz des Heineken-Konzerns belegte den Wettbewerbshütern, dass Kronenbourg und Heineken eine Vereinbarung über Mengen, Preise, Aufteilung des Marktes und sogar über den Aufkauf von Großlieferanten getroffen hatten. Die Strafe fiel aber mit 2,5 Millionen Euro eher milde aus, weil das ausgehandelte Kartell nie verwirklicht wurde.

3.2 Demokratie und Recht

In einer Demokratie geht das Recht von den Bürgern aus. Das heißt, dass die Menschen über das politische Schicksal ihres Landes selbst das letzte Wort haben.
Da sie aber nicht ständig die politischen Alltagsentscheidungen treffen können, wählen sie eine Regierung, die ihre Anliegen vertritt. Nun kann man natürlich von Zeit zu Zeit mit dieser Regierung unzufrieden sein. Und es muss auch klar sein, dass diese Regierung die gemeinsamen Interessen aller Bürger, nicht die Interessen jedes Einzelnen vertreten kann. Doch gibt es in der Demokratie einen wesentlichen

EU-Werte. In Artikel 2 des EU-Vertrags sind die Grundwerte festgeschrieben, auf denen die Gemeinschaft beruht: „Die Werte, auf die sich die Union gründet, sind die Achtung der Menschenwürde, Freiheit, Demokratie, Gleichheit, Rechtstaatlichkeit und die Wahrung der Menschenrechte, einschließlich der Rechte der Personen, die Minderheiten angehören. Diese Werte sind allen Mitgliedstaaten in einer Gesellschaft gemeinsam, die sich durch Pluralismus, Nichtdiskriminierung, Toleranz, Gerechtigkeit, Solidarität und die Gleichheit von Frauen und Männern auszeichnet."

Unterschied zur Diktatur: Die Demokratie sieht eine ständige Kontrolle über die politische Macht vor. Das geschieht zum einen durch die regelmäßigen Wahlen und zum anderen durch das Parlament und unabhängige Gerichte. Dieses Prinzip heißt „Gewaltenteilung".

Für die ständige Kontrolle der Regierung und die Gesetzgebung ist das Parlament zuständig. Es umfasst Abgeordnete sowohl der Regierungsparteien als auch der Opposition. Je nach Wahlergebnis teilen sich die Parteien die Stimmen im Parlament auf.

Parlament in Österreich

Die Europäische Union hat das Grundprinzip der Demokratie in ihren Verträgen festgeschrieben und genau definiert. Jedes Mitgliedsland verpflichtet sich, Grundsätze von Freiheit, Demokratie, Achtung von Menschenrechten und Rechtsstaatlichkeit einzuhalten. Wenn ein Land der EU beitreten will, muss es diese Grundprinzipien anerkennen. Es muss regelmäßige Wahlen abhalten, ein Parlament eingesetzt haben und allen Bürgern und Unternehmen die Möglichkeit geben, ihre Rechte bei unabhängigen Gerichten einzuklagen. Darüber hinaus muss es die Menschenrechte (Schutz des Lebens, der Religionsfreiheit, der Gleichheit von Mann und Frau usw.) und Minderheitenrechte achten. Es muss auch über eine funktionierende Marktwirtschaft verfügen, in der alle Menschen die gleichen wirtschaftlichen Chancen haben.

Diese Bedingungen werden auch „Kriterien von Kopenhagen" genannt. Sie wurden beim Treffen der Staats- und Regierungschefs am 21. und 22. Juni 1993 beschlossen.

Richter müssen in der gesamten EU ihre Entscheidungen unabhängig, das heißt ohne jeglichen politischen Einfluss, treffen können.

Die Kriterien von Kopenhagen zur Aufnahme neuer Mitglieder

- Demokratie und Rechtsstaatlichkeit
- Menschenrechte und Schutz der Minderheiten
- Marktwirtschaft

Als viertes Kriterium wurde festgeschrieben, dass auch die EU selbst die Fähigkeit haben muss, die Aufnahme eines Landes zu verkraften. Das heißt, sie muss politisch und finanziell so gefestigt sein, dass sie für die Erweiterung um neue Mitgliedsländer vorbereitet ist.

Frühwarnsystem

Die EU erlaubt keinem ihrer Mitgliedsstaaten, den Weg der Demokratie und der gemeinsamen Grundwerte zu verlassen. Zu diesem Zweck wurde im EU-Vertrag ein Frühwarnsystem eingeführt. Es soll schon bei geringen Abweichungen eines Landes eine rasche Korrektur ermöglichen. Wenn ein Mitgliedsstaat dennoch weiterhin auf Abwege gerät, können Sanktionen ergriffen werden, die bis zur Aberkennung des Stimmrechts bei gemeinsamen Entscheidungen reichen.

Im EU-Vertrag ist dies im „Artikel 7" festgeschrieben. Er sieht folgende Maßnahmen gegen ein Mitgliedsland vor, das den Weg der Demokratie und Rechtsstaatlichkeit zu verlassen droht:

- Zuerst muss eine große Mehrheit der Mitgliedsstaaten (vier Fünftel der Regierungen) und mit Zustimmung des Europaparlaments das Verfahren einleiten.
- Dann werden die Vertreter der betroffenen Regierung befragt. Eventuell werden unabhängige Experten eingeladen, die Lage zu prüfen.
- Wird tatsächlich festgestellt, dass ein Mitgliedsland den Weg von Demokratie und Rechtsstaatlichkeit verlassen hat, können seine Rechte in der EU beschränkt werden. So kann der betroffenen Regierung das Stimmrecht entzogen werden.
- Verbessert sich die Lage wieder, kann der Rat der Regierungsvertreter die getroffenen Maßnahmen abändern oder aufheben.

Im Dezember 2017 wurde erstmals ein solches Verfahren gegen die Regierung von Polen eingeleitet. Ihr wurde von der EU-Kommission vorgeworfen, dass Sie versucht hat, durch mehrere Gesetze politischen Einfluss auf die Justiz ihres Landes auszuüben und damit die notwendige Gewaltenteilung in einer Demokratie und die Unabhängigkeit der Richter zu unterwandern. Die Regierung in Warschau widersprach in ihren ersten Reaktionen dieser Auffassung.

Das Recht geht vom Volk aus

Die Bürgerrechte in der EU

Es ist zwar wenig bekannt, doch so wie in jedem Staat haben die Bürger auch in der EU die Möglichkeit, ihr Recht geltend zu machen. Sie sind ja nicht nur Staatsbürger ihres eigenen Landes, sondern darüber hinaus auch Unionsbürger. Dies wird durch den gemeinsamen, roten Pass deutlich, auf dem neben dem Land auch die Europäische Union angeführt ist. Die Unionsbürgerschaft garantiert den Bürgerinnen und Bürgern der EU, dass sie ihr Recht auch in den Institutionen der Europäischen Union geltend machen können. Um dies zu erreichen, gibt es drei Wege:

1. **Bürgerinitiative:** EU-Bürger aus mindestens einem Drittel der EU-Staaten können gemeinsam ihre Anliegen in einer Bürgerinitiative einbringen. Sie benötigen dafür in allen Teilnehmerländern gemeinsam mindestens eine Million Unterschriften. Dann muss sich die EU-Kommission mit diesem Anliegen befassen und wenn irgendwie möglich, EU-weite Regeln zur Umsetzung vorschlagen. Die Entscheidung, ob diese neuen Regeln umgesetzt werden, bleibt dann aber bei den EU-Regierungen und dem EU-Parlament.

Das Bürgerbegehren ist keine Volksabstimmung, es kann nichts erzwingen. Aber bei einer großen Zahl an Unterschriften wird es für die die EU-Institutionen schwierig, einem Wunsch nicht zu folgen. Mehrere Bürgerinitiativen wie etwa jene zum „Recht auf Wasser" – den gesicherten Zugang zu Wasserressourcen – haben in der Vergangenheit bereits die notwendige Hürde von einer Million Unterschriften geschafft.

2. **Petitionsrecht:** Jede Bürgerin und jeder Bürger der EU kann beim Europäischen Parlament eine persönliche Petition einreichen. Natürlich geht das nur für Angelegenheiten, bei denen man persönlich betroffen ist und die in die Zuständigkeit der Europäischen Union fallen. Also etwa, wenn ein(e) EU-Bürger/in im Heimatland eine Berufsausbildung mit Diplom abgeschlossen hat, dieses Diplom aber von Behörden eines anderen EU-Landes nicht anerkannt wird. Auch eine Beschwerde gegen eine Fabrik, die sich nicht an die Umweltauflagen der EU hält, ist möglich. Der Petitionsausschuss des Europaparlaments versucht in solchen Fällen, das Problem für EU-Bürger/innen zu lösen.

3. **Hilfe beim Bürgerbeauftragten der EU**: Bürger/innen, die sich über Missstände in der Verwaltung einer europäischen Institution beschweren wollen, können sich an den vom Europäischen Parlament ernannten Bürgerbeauftragten wenden. Die Anschrift lautet: Der Europäische Bürgerbeauftragte, 1, Avenue du Président Robert Schuman, B. P. 403, F67001, Straßburg Cedex

Die Charta der Grundrechte

In der sogenannten Grundrechte-Charta sind die Grundwerte für das Zusammenleben in der EU festgeschrieben. Sie ist Teil des EU-Vertrags. (Polen und Großbritannien haben diesen Teil nicht übernommen)

© European Community, 1994

Gleiche Grundrechte für alle

Mit der Festschreibung dieser Bestimmungen hat sich die EU als Wertegemeinschaft definiert, die gemeinsam diese Werte auch verteidigen muss. In der Grundrechte-Charta sind zahlreiche Menschenrechte festgeschrieben, die zwar in Europa als selbstverständlich gelten, in vielen Teilen der Erde aber auch heute noch nicht verwirklicht sind:

- Verbot von Folter und Todesstrafe
- Verbot des Klonens von Menschen
- Verbot der Zwangsarbeit
- Schutz persönlicher Daten
- Gedanken-, Gewissens- und Religionsfreiheit
- Freie Meinungsäußerung
- Recht auf unentgeltlichen Zugang zu Pflichtschulen
- Recht auf Eigentum
- Gleichheit vor dem Gesetz
- Gleiche Rechte für Frauen und Männer
- Hohes Umweltschutzniveau
- Recht auf Gesundheitsversorgung
- Recht auf angemessene Arbeitsbedingungen

Wann schreitet der EU-Bürgerbeauftragte ein?

Bei Hinweisen auf unfaire Behandlung durch eine EU-Institution oder nationale Verwaltungen, die EU-Recht umsetzt.

Er hilft insbesondere bei:

- ungerechter Behandlung
- Diskriminierung
- Machtmissbrauch
- Fehlen oder Verweigern von Informationen
- unnötigen Verzögerungen
- fehlerhaften Verfahren

Ein Artikel der Charta beschäftigt sich auch mit dem Recht der Kinder: Sie haben Anspruch auf jene „Fürsorge, die für ihr Wohlergehen notwendig" ist. Sie dürfen ihre Meinung frei äußern. Jedes Kind hat Anspruch auf regelmäßige persönliche Beziehung und direkten Kontakt zu beiden Elternteilen, „es sei denn, dies steht seinem Wohl entgegen".

Beispiel: So werden Bürgerprobleme gelöst

Die erste Anlaufstelle für Bürger/innen, die Probleme mit EU-Institutionen oder der Umsetzung von EU-Recht haben, ist der (die) Bürgerbeauftragte. Er ist zuständig, wenn eine EU-Institution nicht tätig wird, obwohl sie hätte handeln müssen. Oder wenn eine EU-Institution falsch gehandelt hat. In den meisten Fällen geht es bei den Beschwerden um direkte Probleme von EU-Bürger/innen mit EU-Institutionen.

Also etwa wenn die EU-Kommission Förderungen zwar zugesagt hat, aber verspätet oder gar nicht auszahlt. Oder wenn das Europaparlament eine Ausschreibung von neuen Stellen nicht ganz nachvollziehbar durchgeführt hat. Aber auch ganz andere Probleme werden an den Bürgerbeauftragten herangetragen: So kam es beispielsweise bei Gibraltar zu einem Störfall eines Kernreaktors auf einem Unterseeboot. Private und politische Gruppen mussten erkennen, dass die lokalen Behörden das EU-Recht nicht respektierten. Es schreibt Gesundheitsschutzmaßnahmen und die Information der Öffentlichkeit vor. Der Bürgerbeauftragte leitete deshalb die Beschwerde an die Kommission weiter und forderte sie auf, den Fall umgehend zu prüfen. Das tat sie auch und hat seitdem ein Auge auf ähnliche Vorfälle.
Ein typischer Fall für den Bürgerbeauftragten war eine Beschwerde der britischen Vereinigung „Statewatch". Der Bürgerrechts-Organisation war der Zugang zu Dokumenten des EU-Rates verweigert worden. Nachdem der Bürgerbeauftragte sich des Falles angenommen hat, konnte die private Organisation in die Unterlagen Einsicht nehmen. Der Bürgerbeauftragte unterstrich, dass den Bürgern ein größtmöglicher Zugang zu Informationen gestattet werden müsse.

3.3 Der Euro – eine gemeinsame Währung

Zahlen zum Euro. 337 Millionen Menschen nutzen in der EU den Euro als Zahlungsmittel. 20 Milliarden Euro-Banknoten und 120 Milliarden Euro-Münzen sind im Umlauf (Quelle: OeNB).

Nichts hat das Zusammenwachsen der europäischen Staaten so spürbar gemacht wie die Einführung der gemeinsamen Währung – des Euros – am 1. Jänner 2002. Einige mögen sich bis heute noch nicht an das neue Geld gewöhnt haben. Wenigen ist die Währung, die in 19 Ländern (Stand 2022) gilt, noch immer nicht sympathisch. Doch der Euro hat große Vorteile gegenüber dem alten System von unterschiedlichen nationalen Währungen.

Die Grundidee war einfach: Wenn schon ein gemeinsamer Markt ohne Zölle und Handelshemmnisse besteht, dann sollte doch auch jede(r) Europäer/in überall mit der gleichen Währung einkaufen können. Das gilt für private Konsumenten genauso wie für Unternehmen. Man muss sich bloß das Beispiel der USA vor Augen führen. Dort gibt es 50 Bundesstaaten und ebenfalls eine gemeinsame Währung. Und das nicht ohne Grund: Unterschiedliche Währungen haben nämlich den Nachteil, dass sie hohe Umtausch- und Transaktionskosten verursachen und ein Wechselkursrisiko in sich bergen. Jede(r) Europäer/in konnte das in der Vergangenheit leicht selbst nachvollziehen. Wenn man von einem EU-Land in das andere reiste und dabei Geld wechselte, wurde es weniger. Auch für die Wirtschaft war das ein Nachteil. Sie musste bei Geschäften mit EU-Partnern immer auch hohe Transaktionskosten einrechnen und ein unkalkulierbares Wechselkursrisiko. Da jedes Land seine Währung jederzeit auf- und abwerten konnte, wusste man nie, wie viel die Umrechnung der Währung bei künftigen Geschäften ausmachen werde.
Allein hatten es einzelne EU-Staaten schwerer, gegen gezielte Spekulationen an

den Devisenbörsen vorzugehen. Ihre Geldreserven wurden dadurch einige Male ohne ihre eigene Schuld weniger wert. Als Mitte der neunziger Jahre Spekulanten weltweit französische Francs verkauften, musste die französische Nationalbank innerhalb weniger Tage den größten Teil ihrer Devisenvorräte verkaufen, um die eigene Währung zu stützen.

Euro-Länder und andere Währungen in der EU (Stand Februar 2020)

Aus für 500-Euro-Schein. Der größte Euro-Schein wird nicht mehr gedruckt. Die Euro-Regierungen haben beschlossen, ihn ab 2018 nach und nach aus dem Verkehr zu ziehen. Begründet wurde dies, weil mit 500-Euro-Scheinen sehr oft illegale Geschäfte abgewickelt wurden.

Der Euro als Antwort auf die Globalisierung

Die Globalisierung der Wirtschaft bringt es mit sich, dass es kleinere Länder schwerer haben als große. Die EU kann sich mit ihren 27 Ländern deshalb auch weit besser am internationalen Markt behaupten als jeder der Mitgliedsstaaten allein. Sowohl der europäische Binnenmarkt als auch der Euro sind eine Antwort auf die Globalisierung. Sie erleichtern den internen Handel und zeigen nach außen eine gemeinsame Stärke. Allein die Tatsache, dass vor der Einführung des Euros rund die Hälfte der international gehandelten Waren in US-Dollar abgerechnet wurden, brachte für die EU-Staaten viele Nachteile. Denn die europäische Wirtschaft war in hohem Maße vom jeweiligen Wechselkurs des Dollars abhängig.

One small coin for man. One great currency for Europe

Die Euro-Banknoten wurden vom Österreicher Robert Kalina entworfen.

Der Euro brachte schon in seinen ersten Jahren mehr Stabilität für Europa. Denn die gemeinsame Geldpolitik war auf einen harten Euro mit niedrigen Zinsen ausgelegt. Diese niedrigen Zinsen erleichtern nicht nur Privatpersonen größere Anschaffungen über Kredite. Auch die Wirtschaft kann über günstige Kredite leichter in neue Produktionsanlagen investieren.

Die Vorteile des Euros

- Keine Kosten mehr für Währungsumtausch
- Kein Wechselkursrisiko unter den Teilnehmerländern
- Mehr Konkurrenzfähigkeit gegenüber USA und Asien
- Mehr Stabilität und Schutz vor internationalen Spekulanten

Die Euromünzen haben eine gemeinsame europäische Seite und jeweils eine Seite, die vom Teilnehmerland gestaltet wurde

Europäische Zentralbank EZB: Für die Stabilität des Euros ist die Europäische Zentralbank in Frankfurt verantwortlich. Sie bestimmt das Zinsniveau des Euros und sie ist als Einzige berechtigt, den Wechselkurs des Euros zu beeinflussen. Sie hat dafür Devisenreserven zur Verfügung, mit denen sie auf internationalen Devisenmärkten Euros kaufen kann, um den Wert der gemeinsamen Währung stabil zu halten. Sie kann damit ähnlich wie im Aktienhandel den Preis des Euros beeinflussen (siehe auch Kapitel: Die Europäische Zentralbank, Seite 32 ff.).

Ist der Euro Krisenfest? Als 2008 eine weltweite Finanzkrise ausbrach und in den USA mehrere Banken in Konkurs gingen, schützte der Euro die Bürger/innen der Währungsunion vor negativen Auswirkungen. Er blieb stabil. Das Vertrauen in den Euro stieg auch innerhalb Europas. Zwei Jahre später verlor der Euro allerdings wieder Vertrauen, weil sich herausstellte, dass einige Teilnehmerländer ihre Schulden nicht mehr aus eigener Kraft bezahlen konnten. Einige Euro-Länder wie Griechenland, Portugal oder Italien hatten mittlerweile zu viele Schulden angehäuft. In Spanien und Irland sorgte das Platzen einer Immobilienblase für Verwerfungen und Finanznöte des Staates.

Als Gegenmaßnahme wurde ein Schutzschirm gegründet (EFSF und ESM, siehe Seite 92 f.). Das ist eine Art Fonds (Geldanlage für bestimmte Zwecke), für den alle Euro-Länder haften. Länder, die bei privaten Finanzinstituten keinen Kredit mehr bekommen, können sich über diesen Schirm Geld borgen. Um die hohen Schulden wieder zu senken, wurde 2011 der Fiskalpakt vereinbart. Er sieht eine verpflichtende Schuldenbremse und mehr gemeinsame Kontrollen vor. Das heißt, die Teilnehmerländer müssen in Jahren mit guter Wirtschaftsentwicklung ihren Haushalt in Ordnung bringen. Nur noch in Zeiten der Krise dürfen die Staaten weiterhin – in geringem Maße – Schulden machen (siehe Stabilitäts- und Wachstumspakt).

Während die Hilfsprogramme der Partnerländer für Spanien, Portugal und Irland nach kurzer Zeit beendet werden konnten, mussten für Griechenland insgesamt drei Programme vereinbart werden. Durch sie erhielt die Regierung in Athen günstige Kredite, um ihre Ausgaben etwa für Beamte und Krankenhäuser weiterhin tätigen zu können. Gleichzeitig war jedes Programm aber mit Spar- und Reformauflagen verbunden. Das letzte Programm lief 2018 aus.

Hilfsprogramme für Griechenland.

1. Hilfsprogramm April 2010 – Kredite von 73 Mrd. Euro
2. Hilfsprogramm März 2012 – Kredite von 142,7 Mrd. Euro
3. Hilfsprogramm August 2015 – Kredite von max. 86 Mrd. Euro

Griechenland musste für die günstigen Kredite seiner Europartner und des IWF Sparauflagen und Reformen erfüllen. Die Kredite müssen nach und nach zurückgezahlt werden, haben aber eine lange Laufzeit und einen niedrigen Zinssatz.

Land	Durchschnitt 2000-2009	Durchschnitt 2010-2014	2000	2005	2010	2013	2015	2016	2017*	2018*	2019*	2020*
Belgien	98,4	103,8	108,8	94,7	99,7	105,5	106,0	105,7	103,8	102,5	101,2	112,0
Deutschland	63,9	78,3	58,9	67,0	80,9	77,4	70,9	68,1	64,8	61,2	57,9	69,1
Estland	5,0	8,6	5,1	4,5	6,6	10,2	10,0	9,4	9,2	9,1	9,1	19,1
Finnland	39,6	53,2	42,5	40,0	47,1	56,5	63,6	63,1	62,7	62,1	61,6	67,3
Frankreich	64,9	88,8	58,6	67,1	81,6	92,4	95,8	96,5	96,9	96,9	96,9	115,4
Griechenland	107,1	166,9	104,9	107,4	146,2	177,4	176,8	180,8	179,6	177,8	170,1	200,0
Irland	33,6	108,0	36,1	26,1	86,1	119,4	76,9	72,8	69,9	69,1	67,2	61,2
Italien	103,2	123,2	105,1	101,9	115,4	129,0	131,5	132,0	132,1	130,8	130,0	154,2
Lettland	15,0	42,1	12,1	11,4	46,8	39,0	36,9	40,6	39,0	35,5	35,7	44,4
Litauen	20,1	38,5	23,5	17,6	36,2	38,8	42,6	40,1	41,5	37,9	38,9	45,4
Luxemburg	8,8	21,4	6,5	7,4	19,8	23,7	22,0	20,8	23,7	23,0	22,9	26,1
Malta	65,8	67,5	60,9	70,0	67,5	68,4	60,3	57,6	54,9	51,6	48,8	51,4
Niederlande	49,7	64,6	51,7	49,2	59,3	67,8	64,6	61,8	57,7	54,9	51,5	55,1
Österreich	67,7	82,2	65,7	68,3	82,4	81,0	84,3	83,6	78,6	76,2	73,4	78,5
Portugal	64,1	118,7	50,3	67,4	96,2	129,0	128,8	130,1	126,4	124,1	121,1	131,6
Slowakei	38,3	49,1	49,6	34,1	41,2	54,7	52,3	51,8	50,8	49,9	47,2	59,9
Slowenien	26,4	57,9	25,9	26,3	38,4	70,4	82,6	78,5	76,4	74,1	72,0	77,8
Spanien	46,5	82,2	58,0	42,3	60,1	95,5	99,4	99,0	98,4	96,9	95,5	114,1
Zypern	57,2	82,4	54,9	62,8	56,3	102,6	107,5	107,1	103,0	98,3	93,9	116,0
Eurozone (19)	**68,7**	**90,0**	**68,1**	**69,2**	**84,1**	**93,7**	**92,1**	**91,1**	**89,3**	**87,2**	**85,2**	**96,6**

** Prognose bzw. vorläufige Werte*

Stand September 2020

Öffentliche Verschuldung (Schuldenstand des Gesamtstaates in % des BIP), Eurostat

Wer darf am Euro teilnehmen? An der gemeinsamen europäischen Währung dürfen nur Länder teilnehmen, die ihre eigene Währung und ihren Haushalt in Ordnung gebracht haben. Die Teilnahme-Kriterien sind im Vertrag von Maastricht aus dem Jahr 1992 festgeschrieben. Sie heißen dort Konvergenzkriterien. Sie fassen fünf Bedingungen für die Teilnahme am Euro zusammen:

- Eine Inflationsrate, die maximal 1,5 Prozentpunkte über jener der drei preisstabilsten EU-Länder liegt.
- Ein langfristiger Zinssatz, der maximal 2 Prozentpunkte über jenem der drei preisstabilsten EU-Länder liegt.
- Ein öffentliches Defizit (das ist die Neuverschuldung eines Staates pro Jahr), das nicht mehr als 3 Prozent der nationalen Wirtschaftsleistung (Bruttoinlandsprodukt) ausmacht.
- Eine öffentliche Verschuldung (das sind die Gesamtschulden eines Staates) von nicht mehr als 60 Prozent der jährlichen Wirtschaftsleistung (Bruttoinlandsprodukt). Hierbei reicht es allerdings auch aus, dass sich die Gesamtverschuldung bereits in Richtung der Obergrenze von 60 Prozent bewegt.
- Stabile Wechselkurse zu den anderen europäischen Währungen. Teilnahme am Europäischen Währungssystem EWS, das nur geringfügige Schwankungen der Währung über mehrere Jahre erlaubt.

Der Stabilitäts- und Wachstumspakt: Damit jene Länder, die alle Kriterien für eine Aufnahme in den Euro erreicht haben, auch weiterhin zur Stabilität der Währung beitragen, wurde im Jahr 1996 von den EU-Regierungen der „Stabilitäts- und Wachstumspakt" beschlossen. Er soll verhindern, dass einzelne Teilnehmerländer den Euro durch ihre hohe Verschuldung gefährden.
Jedes halbe Jahr muss deshalb jeder EU-Staat seine Haushaltszahlen und die wichtigsten Budgetprognosen der Europäischen Kommission vorlegen. Diese Zahlen werden dann überprüft und mit einer Bewertung den EU-Finanzministern vorgelegt. Überschreitet ein Mitgliedsstaat das erlaubte Defizit von 3 Prozent der jährlichen Wirtschaftskraft (Bruttoinlandsprodukt), wird gegen ihn ein mehrstufiges Verfahren eingeleitet. Ausnahmen gibt es nur in Krisenzeiten.
Außerdem haben sich die Euro-Länder nach der Schuldenkrise verpflichtet, in wirtschaftlich guten Jahren mehr öffentliche Gelder einzusparen. Gemeinsam wurde beschlossen, die Banken und Finanzmärkte besser zu kontrollieren. Und es wurde ein permanenter Währungsfonds ins Auge gefasst, der in Krisenzeiten ausreichend Hilfe für finanzschwache Teilnehmerländer bieten soll.

Das Strafverfahren

1. Jenem Land, das ein Defizit von 3 Prozent der jährlichen Wirtschaftsleistung klar überschreitet, werden zehn Monate Zeit gegeben, den Haushalt wieder in Ordnung zu bringen.
2. Gelingt das nicht, muss das Land einen Betrag von 0,2 bis 0,5 Prozent der jährlichen Wirtschaftsleistung (das kann in die Milliarden Euro gehen) hinterlegen.
3. Danach hat das Land maximal 3 Jahre Zeit, das ausufernde Schuldenmachen wieder in Ordnung zu bringen. Kommt das Land wieder unter die 3-Prozent-Grenze, darf es das Geld zurückerhalten. Gelingt ihm das nicht, wird das Geld als Strafe unter jenen Euro-Ländern aufgeteilt, die kein zu hohes Defizit aufweisen.

Ausnahmen gibt es für Länder, die eine Naturkatastrophe zu bewältigen hatten oder durch ein anderes Ereignis ohne Selbstverschulden in Schwierigkeiten gekommen sind. Dies war etwa so, als im Jahr 2002 in Deutschland und Österreich eine Hochwasser-Katastrophe große Schäden angerichtet hat. Auch in Zeiten schlechter Wirtschaftslage – wenn die Wirtschaft schrumpft statt wächst – gibt es Ausnahmen.
Wegen der verschlechterten Wirtschaftslage zu Beginn des Jahrtausends haben einige Mitgliedsstaaten, darunter Deutschland und Frankreich, erstmals die 3-Prozent-Grenze überschritten. Sie wurden dafür vorerst nicht bestraft. Sie haben sich aber verpflichtet, ihre ausufernden Schulden wieder mit Sparprogrammen in Griff zu bekommen. Im Jahr 2005 wurden Änderungen des Stabilitätspakts beschlossen. Die Obergrenze für das staatliche Schuldenmachen blieb bestehen. Doch wird nun mehr Rücksicht auf die Wirtschaftslage gelegt. Das heißt, EU-Staaten dürfen in schlechten Zeiten leichter Schulden machen. Dafür sollen sie in besseren Zeiten mehr sparen.

Sparauflagen

Länder, die ihre öffentlichen Finanzen nicht mehr in Griff bekommen, müssen sparen. Das traf ab 2010 insbesondere das hochverschuldete Euroland Griechenland. Im Gegenzug für günstige Kredite musste die Regierung in Athen Reformen durchführen und öffentliche Gelder einsparen.

Das Problem solcher Sparauflagen, ist, dass öffentliche Investitionen wie der Bau von Straßen oder der Neubau von Schulen dadurch zurückgehen. Privatpersonen und Unternehmen kaufen noch weniger ein. Die Spirale der Wirtschaftsflaute dreht sich dadurch noch schneller nach unten. Es dauert deshalb meist Jahre, bis sich ein überschuldetes Land wieder erholt.

Beispiel: Euro macht Preise vergleichbar

Die Einführung des Euros macht Preise in allen Teilnehmerländern vergleichbar. Das heißt, jeder Konsument kann sich europaweit den besten Preis suchen. Besonders bei Waren, die per Versand bestellt werden können, ist das ideal. Aber auch bei Großinvestitionen hilft oft ein Blick über die Grenzen in ein anders EU-Land.

Wer viel in Europa unterwegs ist, kann sich den jeweils günstigsten Preis auch für Waren des Alltags aussuchen. Das Statistische Amt der EU (Eurostat) und die private Organisation Numbeo erheben regelmäßig die Preisniveaus für unterschiedliche Waren. Demnach ist Kleidung innerhalb der EU beispielsweise in Ungarn und Bulgarien am günstigsten, in Schweden und Finnland am teuersten.

So viel kostet eine Tasse Cappuccino in ausgewählten EU-Ländern:

Numbeo (2019)

3.4 Die Regionalpolitik – Hilfe für benachteiligte Regionen

Die EU ist nicht nur eine Wirtschafts-, sondern auch eine Solidargemeinschaft. Sie hat sich zum Ziel gesetzt, gleiche Lebensbedingungen und Wohlstand für alle Bürger/innen der Gemeinschaft zu schaffen. Das heißt, dass sie benachteiligten Regionen unter die Arme greift, um sie an das gleiche Wohlstandsniveau heranzuführen wie reichere Gebiete. So liegt beispielsweise in abgelegenen Regionen der Gemeinschaft die Autobahndichte gerade bei einem Viertel der zentralen Regionen. Auch gibt es dort um 40 Prozent weniger Eisenbahnlinien. Die mangelnde Verkehrsanbindung führt dazu, dass sich in den benachteiligten Gebieten weniger Betriebe niederlassen und eine höhere Arbeitslosigkeit besteht. Vor allem in ländlichen Regionen wandern daher jüngere Leute in die Städte ab. Allein zwischen 2014 und 2020 investiert die Europäische Union 351,8 Mrd. Euro in Europas Regionen, das war fast ein Drittel des gemeinsamen EU-Haushalts. Mit diesem Geld werden Verkehrswege gebaut, Arbeitsplätze geschaffen und soziale Probleme bekämpft.

EU fördert Verkehrsprojekte

Die vorrangigen Ziele der EU-Regionalhilfe

Wirtschaftliche Annäherung: Die meisten Fördermittel der EU fließen nach wie vor in benachteiligte Regionen. Sie wurden früher Ziel-1-Gebiete genannt. Es geht um Regionen, die durch ihre Randlage oder durch ihre frühere Geschichte (z. B. im kommunistischen System) weit hinter dem Wohlstandsniveau der anderen EU-Regionen liegen. Ziel ist es, ihr Wirtschafts- und Wohlstandsniveau an jenes der reicheren Regionen anzupassen. Wenn etwa eine Region ein schlechtes Gesundheitswesen hat, kann die EU der lokalen Verwaltung beim Aufbau von Krankenhäusern helfen. Wenn die Telefon- und Internetleitungen nicht vorhanden oder veraltet sind, bietet die EU ebenfalls Hilfe an.

Wettbewerbsfähigkeit und Beschäftigung: Mit zahlreichen Projekten etwa in der Forschung und Entwicklung oder für eine CO_2-Reduzierung von großen Betrieben, unterstützt die EU eine Modernisierung zahlreicher Regionen in allen

Inhaltliche Schwerpunkte der Regionalpolitik.

- Forschung und Innovation
- Informations- und Kommunikationstechnologie
- Förderung der Wettbewerbsfähigkeit von kleinen und mittleren Unternehmen
- Übergang zu einer kohlenstoffemissionsarmen Wirtschaft

Mitgliedstaaten. Die EU hilft zudem bei Umschulungsmaßnahmen, bei beruflicher Weiterbildung und einer wirkungsvollen Beschäftigungspolitik.
Territoriale Zusammenarbeit: Hier werden grenzüberschreitende Wirtschafts- und Sozialprojekte unterstützt. Es geht darum, dass mindestens zwei benachbarte Länder gemeinsam die Situation in grenznahen Regionen verbessern.

EU fördert Jugendprojekte

Der Großteil der Regionalförderungen fließt seit Jahrzehnten in die ärmeren Gebiete der EU. Die zahlreichen Projekte haben geholfen, den Wohlstand in diesen Teilen der Gemeinschaft zu heben und die Wettbewerbsfähigkeit zu stärken. Dies hatte konkrete Auswirkungen etwa in Polen, das besonders viel von EU-Förderungen profitieren durfte. Lag doch das Wirtschaftsniveau dieses Landes zum Zeitpunkt der politischen Wende in Mittel- und Osteuropa 1990 etwa bei jenem des Nachbarlandes Ukraine. Mittlerweile konnte die jährliche Wirtschaftsleistung aus eigener Kraft, aber auch mit konkreten, von der EU unterstützten Projekten auf das fünffache Niveau des Nachbarlands erhöht werden. Mit dazu beigetragen haben auch die politischen und militärischen Konflikte, die das Nicht-EU-Land Ukraine erleiden musste.

Die Förderfonds der EU:

- Der Europäische Fonds für regionale Entwicklung (EFRE) soll helfen, Unterschiede im Wohlstand zwischen den Regionen zu beseitigen. Damit soll auch der soziale Zusammenhalt der EU gestärkt werden.
- Der Kohäsionsfonds ist speziell für wirtschaftlich schwächere Mitgliedstaaten bestimmt. Er kommt EU-Staaten zugute, deren Bruttonationaleinkommen pro Einwohner unter 90 % des EU-Durchschnitts liegt.
- Der Europäische Sozialfonds (ESF) soll die Chancen der europäischen Bürger/innen auf besseren Wohlstand fördern. Sein Schwerpunkt liegt auf der Verbesserung der Beschäftigungs- und Bildungschancen. Ebenso steht er für besonders hilfsbedürftige Menschen zur Verfügung, die von Armut bedroht sind.
- Der Solidaritätsfonds der Europäischen Union (EUSF) wurde geschaffen, um im Falle von großen Naturkatastrophen einer Region solidarische Hilfe leisten zu können.

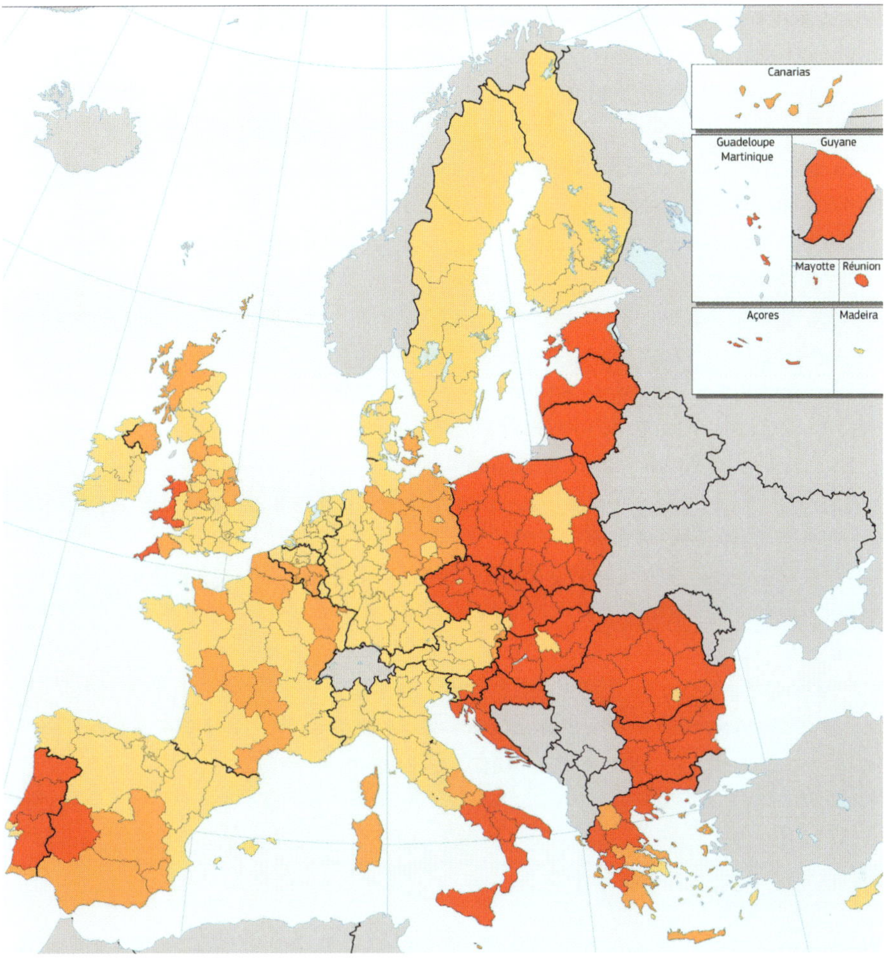

Die rot eingezeichneten Regionen profitieren am meisten von Förderungen der EU

Bilanz der Regionalförderung. Allein zwischen 2007 und 2013 wurden in der EU durch die Förderungen eine Million Arbeitsplätze geschaffen. Es wurden Investitionen in 400.000 Klein- und Mittelbetriebe sowie Start-ups ermöglicht. (Quelle: EU-Kommission)

EU-Hilfe bei Naturkatastrophen

Vielfältige Förderungen. Die Regionalförderungen sind speziell auf die Hilfe für einzelne Regionen zugeschnitten. Die EU bietet aber darüber hinaus weitere Hilfe an, die ebenso genutzt werden können: So können Projekte in den Bereichen Kultur, Bildung, Landwirtschaft, ländliche Entwicklung, Forschung und Umwelt gefördert werden.

Wie wird über EU-Regionalförderungen entschieden?

1. Die EU-Kommission erarbeitet ein generelles Konzept für den jeweiligen siebenjährigen Haushaltsplan. Sie legt Prioritäten fest und errechnet die notwendigen Geldmittel.
2. Dieser Vorschlag wird mit dem Ausschuss der Regionen und dem Wirtschafts- und Sozialausschuss abgeklärt.
3. Dann wird das generelle Konzept dem Europaparlament und dem Rat zur Abstimmung vorgelegt.
4. Kommt eine Zustimmung zustande, trägt von nun an die Kommission die Verantwortung für die Verteilung der Gelder.
5. Die Kommission ermittelt gemeinsam mit den Mitgliedsstaaten, welche Gebiete gefördert und welche Schwerpunkte dabei gesetzt werden.
6. Die konkrete Planung und die Auswahl einzelner Projekte werden nicht zentral in Brüssel, sondern von den nationalen oder kommunalen Regierungen (Länder, Gemeinden) vorgenommen.
7. Der EU-Rechnungshof und die nationalen Rechnungshöfe prüfen, ob das Geld korrekt verwendet wurde.

Kofinanzierung: Die EU fördert im Regelfall einzelne Projekte nicht vollständig. Zur Finanzierung müssen Staaten und Regionen sowie auch private Investoren selbst einen Beitrag leisten. Man nennt das „Kofinanzierung“.

Beispiele für EU-Förderungen

Barrierefreier Tourismus: Partner aus dem österreichischen Lavanttal und der Region Koroška in Slowenien haben zusammen ein Projekt entwickelt, dass behinderten Menschen einen Urlaub in diesem Tourismusgebiet ermöglichen soll. Sie richteten Schulungen aus, um ein besseres Verständnis für die speziellen Bedürfnisse von Besuchern mit verschiedenen Behinderungen zu fördern. Weitere Aktivitäten umfassten das Testen und die Entwicklung von Freizeit- und Kulturangeboten und die Verbreitung von Informationen. Touristische Dienstleistungen und touristische Ausflugsziele wurden barrierefrei gestaltet. Es wurden auch für Blinde, Sehbehinderte, Gehörlose und Hörgeschädigte jeweils eigene Konzepte entworfen, um ihnen eine angenehmen Aufenthalt zu gewährleisten. Die Gesamtkosten für das Projekt beliefen sich auf 577.853 Euro, davon kamen 322.260 Euro aus dem EU-Fonds für regionale Entwicklung.

Grenzüberschreitende Gesundheitsversorgung: Gerade in Grenzregionen ist es sinnvoll, wenn kranke Menschen Hilfe erhalten, egal ob das nächste Krankenhaus im Inland oder im nahen Nachbarland liegt. Damit die grenzüberschreitende

Gesundheitsversorgung besser funktioniert, hat der niederösterreichische Gesundheits- und Sozialfonds (NÖGUS) EU-Förderungen erhalten. Ziel des Projekts ist es, sicherzustellen, dass an der Grenze lebende Menschen bessere medizinische Betreuung vor Ort erhalten.
In den Bezirken Gmünd (Österreich) und České Velenice (Tschechien) hat die grenzüberschreitende Zusammenarbeit bereits den Alltag vieler Menschen deutlich erleichtert. Das Landesklinikum Waldviertel-Gmünd liegt direkt an der Grenze, während die nächste Rettungswache auf der tschechischen Seite mehr als 30 Kilometer und das nächste Krankenhaus sogar 60 Kilometer entfernt liegen. Nun wird auch Tschechen in Notfällen rasch Hilfe geleistet. Niederösterreichische Patienten im Weinviertel wiederum können nun die Strahlentherapie im nahen Krankenhaus von Znojmo in Tschechien nutzen.

EU stiftet Frieden zwischen Generationen: Das Zusammenleben von Alt und Jung ist nicht immer leicht. Wenn es aber keine geeigneten Freizeiteinrichtungen und Treffpunkte für junge Menschen gibt, kann sogar ein heikles Problem daraus werden. So kam es in einem Bezirk der französischen Stadt Grenoble zu täglichen Streitigkeiten unter den Generationen. Jugendliche lungerten in den Wohnhausanlagen herum, störten die älteren Einwohner. Und diese wurden schon beim geringsten Anlass ärgerlich, denn sie konnten sich nicht mehr ausruhen, nicht mehr mit ihresgleichen treffen. Das Zusammenleben wurde schwierig.
Der Bewohnerausschuss, lokale Sozialarbeiter und auch die zuständige Behörde kamen zum Schluss, dass es so nicht weitergehen konnte. Es musste ein geeigneter Treffpunkt geschaffen werden, an dem jede Generation ihre Freizeitaktivitäten realisieren kann. Im Sommer 2000 begannen die Arbeiten für ein Gemeindezentrum mit dem Namen „Kiosque convivial". Jugendliche und Erwachsene konnten sich gemeinsam mit lokalen Künstlern an der Gestaltung des Zentrums beteiligen. Allein diese Aktivitäten haben zu einer Verbesserung der Beziehungen zwischen Alt und Jung beigetragen. Über das EU-Programm „URBAN" und mit Geldern der Stadtverwaltung konnte das Projekt realisiert werden. Insgesamt wurden dafür 50.460 Euro ausgegeben. Die EU übernahm 15.245 Euro.

3.5 Die gemeinsame Agrarpolitik

Verdoppelte Nachfrage. Bis 2050 ist wegen des Bevölkerungswachstums und des zunehmenden Wohlstands in großen Teilen Asiens mit einer steigenden Nachfrage nach tierischen Erzeugnissen zu rechnen. Experten der EU-Kommission erwarten eine Verdoppelung der weltweiten Lebensmittelproduktion.

Der Hunger während und nach dem Zweiten Weltkrieg und die schlechte Versorgungslage waren die Ursache, warum die europäischen Staaten heute eine gemeinsame Agrarpolitik haben. Diese schrecklichen Erfahrungen führten dazu, dass ein ganzer Wirtschaftszweig von den europäischen Staaten gemeinsam verwaltet wurde. Ziel war es, die Eigenversorgung der westeuropäischen Länder mit den wichtigsten Lebensmitteln sicherzustellen. Die Landwirtschaft wurde in ein System staatlicher Hilfen und garantierter Abnahmepreise eingebettet. Für die Bauern hatte das den Vorteil, dass ein Teil ihrer Existenz über viele Jahrzehnte gesichert war. Für die Konsumenten brachte dieses System eine sichere Versorgung und relativ stabile, niedrige Preise für Grundnahrungsmittel.

Gemüse und Obst aus der EU

Zahlen zur EU-Landwirtschaft. 11 Millionen landwirtschaftliche Betriebe, 22 Millionen Arbeitskräfte sind in der Landwirtschaft beschäftigt, 22 Millionen – ebensoviele Personen – arbeiten in der Lebensmittelproduktion. (Quelle: EU-Kommission/Eurostat)

Da die EU die meisten Förderungen im Agrarbereich abwickelt, fließt ein großer Teil des gemeinsamen EU-Budgets in die Landwirtschaft. Obwohl sich die Zahl der landwirtschaftlichen Betriebe durch moderne Produktionstechniken und globale Konkurrenz in den letzten Jahren deutlich reduziert hat, sind immer noch 22 Millionen Personen in der EU in bäuerlichen Betrieben beschäftigt. Die gemeinsame Agrarpolitik wird von der EU-Kommission verwaltet. Die Mitgliedsstaaten setzen die Vorgaben der EU-Kommission um und können selbständig eine umweltgerechte Landwirtschaft mit eigenen Fördermitteln unterstützen.

Ziele der gemeinsamen Agrarpolitik

- Sicherung der Versorgungslage
- Existenzsicherung der landwirtschaftlichen Betriebe
- Angemessene Preise für Agrarprodukte
- Förderung von Umwelt- und Tierschutz

Landwirtschaft

So funktioniert die gemeinsame Agrarpolitik: Die EU-Staaten haben zwar mittlerweile eine tiefgehende Reform ihrer Agrarpolitik eingeleitet, dennoch gibt es noch immer die fünf wichtigsten Instrumente, mit denen die Produktpreise, die Bauerneinkommen und der Agrarmarkt reguliert werden:

1. Abschöpfungen: Darunter versteht man die Preisanhebung für Agrarprodukte aus Nicht-EU-Ländern. Wenn diese Länder billigere Produkte in die EU einführen, wird ihr Preis auf EU-Niveau angehoben. Die Differenz kassiert die EU-Kommission und verteilt sie im Rahmen der Förderungen an die Mitgliedsstaaten. Die Abschöpfungen haben den Zweck, dass die Preise einheimischer Produzenten trotz internationaler Konkurrenz nicht gesenkt werden müssen. Allerdings muss die EU dieses System wegen der internationalen Handelsregeln künftig auf fixe Zölle für Nicht-EU-Staaten umstellen.

2. Interventionspreise: Darunter versteht man einen garantierten Mindestpreis für Agrarprodukte. Kann ein Landwirt z. B. in einem guten Erntejahr seinen Weizen nicht verkaufen, weil seine Abnehmer bereits genügend versorgt sind, so springen dafür staatliche Stellen ein. Sie nehmen ihm das Agrarprodukt zu einem garantierten Mindestpreis ab. Diese Produkte werden eingelagert und erst dann verkauft, wenn sie gebraucht werden. Ein Teil wird auch in Länder außerhalb der EU exportiert. Im Zuge der Agrarreform 1992 wurden die Interventionspreise allerdings deutlich gesenkt. Sie entsprechen nur noch einer geringfügigen Entschädigung für Bauern, die zu viel produziert haben.

3. Direkte Einkommensbeihilfen: Das sind Zahlungen, die landwirtschaftliche Betriebe erhalten. Die Bauern sind durch sie nicht nur vom jeweiligen Preis ihrer Produkte abhängig. Früher bekamen die landwirtschaftlichen Betriebe vor allem eine von der Produktionsmenge abhängige Beihilfe. Im Rahmen der letzten Agrarreform wurde dieses Instrument geändert. Die Förderungen werden nun schrittweise von der Produktionsmenge eines Betriebs entkoppelt. Die Landwirte bekommen also künftig Geld dafür, dass sie weiterhin ihren Betrieb bewirtschaften. Sie sollen nicht mehr ihre Produktion danach entscheiden, was am meisten Förderungen bringt, sondern welches Agrarprodukt – ob Hühner, Rinder, Weizen, Äpfel oder Kartoffel – gerade am besten zu verkaufen ist.

4. Förderung für umweltgerechte Produktion: Über die von der EU ausbezahlten Direktzahlungen hinaus können Bauern auch von ihren Heimatländern dafür Fördermittel erhalten, dass sie strenge Umweltauflagen erfüllen.

5. Hilfe für den ländlichen Raum: Dieses Instrument wurde in den letzten Jahren verstärkt. Es soll dazu beitragen, dass alle Betriebe einer Region künftig bessere Bedingungen vorfinden und es genügend Arbeitsplätze gibt.

Der Weg zu einer neuen Landwirtschaft:

Die EU-Agrarpolitik hat nun neue Herausforderungen zu bewältigen. Zum einen müssen die Chancen des Weltmarkts genutzt werden, um gute europäische Ag-

Geld für die Landwirtschaft. Der Anteil der Agrarausgaben im EU-Haushalt ist drastisch zurückgegangen – von einem Rekordhoch von nahezu 70 % in den siebziger Jahren auf heute rund 38 %. (Stand: 2018)

EU-Behörde für Lebensmittelsicherheit EFSA. Die EU verfügt mit EFSA über eine eigene Kontrollstelle, die für eine hohe Qualität der landwirtschaftlichen Produktion zuständig ist. Sie kontrolliert die Bereiche:

- Lebens- und Futtermittelsicherheit
- Ernährung
- Tiergesundheit und Tierschutz
- Pflanzenschutz
- Pflanzengesundheit

2019 unterstützte die EU die Landwirte mit 58,82 Milliarden Euro

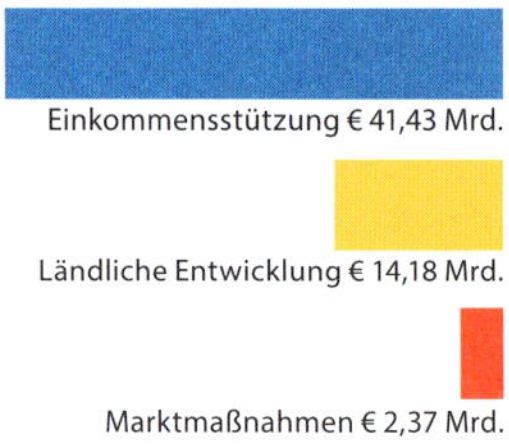

rarprodukte zu exportieren. Zum anderen muss ein Weg gefunden werden, damit europäische Landwirte für die internationale Konkurrenz gerüstet sind. Gleichzeitig ist es wichtig, dass Vielfalt und Qualität der europäischen Landwirtschaft erhalten bleiben.

Seit 1992 wurde deshalb die EU-Agrarpolitik schrittweise reformiert. Zuerst wurden die Interventionspreise (garantierte Preise für nicht verkaufbare Produkte) deutlich gesenkt. Es wurden die gestützten Preise etwa für Rindfleisch und Butter reduziert. Die Idee, die unter anderem vom ehemaligen österreichischen EU-Kommissar Franz Fischler verfolgt wurde, war logisch: Die Preise für Agrarprodukte sollten in Europa gesenkt werden, um weltweit mithalten zu können. Damit aber die Landwirte nicht plötzlich weniger verdienten, sollten sie durch Direktzahlungen entschädigt werden. Gefördert werden sollte in erster Linie nicht mehr ein Produkt, sondern ein Betrieb. Diese neue Form der Betriebsprämie ist zu rechtfertigen, weil Bauern nicht nur zur Versorgung notwendige Nahrungsmittel herstellen, sondern auch die Landschaft ihrer Heimat pflegen.

2003 haben sich die EU-Regierungen nach langen Verhandlungen weitgehend auf Fischlers Reform-Vorschläge geeinigt. Sie haben die Finanzhilfen für landwirtschaftliche Betriebe von deren Produktionsmenge „entkoppelt". Für Bauern bedeutete diese ab 2005 umgesetzte Reform, dass sie sich nun mit ihren Produkten einem härteren Wettbewerb stellen müssen. Gleichzeitig bekommen sie aber Finanzhilfen, um ihren Betrieb am Leben zu halten. Dies ist insbesondere deshalb notwendig, weil es in Teilen Europas erschwerte Bedingungen durch Berglandschaften oder wenig ertragreiche Gebiete gibt. Außerdem benötigen kleinere Betriebe Hilfe, um mit der Massenproduktion von Großbetrieben mithalten zu können. Das neue System von Betriebsprämien statt Produktprämien hat auch den angenehmen Nebeneffekt, dass ein Teil der komplizierten Abrechnung von Produktionsmengen entfällt.

Mit der Reform der Agrarpolitik wurde die Förderung des ländlichen Raums verstärkt. Künftig werden EU und Mitgliedsstaaten die wirtschaftliche Entwicklung ländlicher Regionen verstärkt unterstützen. Auch für Gebiete in den neuen Mitgliedsstaaten stellt die EU finanzielle Mittel für die Modernisierung von Betrieben für eine bessere Vermarktung oder etwa für Umweltprojekte zur Verfügung.

2015 wurden unter dem Stichwort „Greening" Maßnahmen für mehr Umweltschutz in der Landwirtschaft beschlossen. Dadurch soll es statt Monokulturen in der Landwirtschaft wieder eine Vielfalt von Bebauungen der Felder geben. Es sollen Flächen auf Dauer als Grünland erhalten werden. Insbesondere sollen Ökoerzeuger und Familienbetriebe profitieren, die einen Beitrag für den Umweltschutz leisten.

Bio-Landwirtschaft

© European Union, 2014

Verzerrung abgeschafft.
2013 wurden Exportstützungen für landwirtschaftliche Produkte abgeschafft. Sie haben nämlich dazu geführt, dass europäische Produkte zu besonders niedrigen Preisen in ärmere Länder exportiert wurden. Das hat dazu beigetragen, dass dort die eigene Produktion zum Erliegen kam, weil sie mit diesen künstlich niedrig gehaltenen Preisen der Produkte aus der EU nicht mithalten konnte.

Beispiele für Reformen in der Agrarpolitik

Lebensmittelsicherheit: Die lange vor allem auf Masse und nicht auf Qualität ausgerichtete Landwirtschaft in der EU hatte einen Nachteil: Einige Betriebe versuchten ohne Rücksicht auf Umwelt und Gesundheit von Mensch und Tier möglichst viel zu produzieren. Mehrere Lebensmittelskandale in den neunziger Jahren haben in der EU zu einem Umdenken geführt. Hauptauslöser dabei war der BSE-Skandal. Die Rinderseuche entstand durch das Verfüttern von Tiermehl. So wurden Kühe mit den verarbeiteten Überresten ihrer Artgenossen gefüttert. Nur aus Gründen einer Ertragssteigerung wurde der biologische Kreislauf außer Kraft gesetzt. Pflanzenfresser erhielten Fleischprodukte vorgesetzt.
In der Folge wurden strenge Sicherheits- und Qualitätsnormen eingeführt. Sie betreffen nicht nur das Endprodukt, sondern auch die Tiergesundheit. Zur ständigen Analyse und Kontrolle wurde eine eigene Europäische Behörde für Lebensmittelsicherheit gegründet.
Nach dem BSE-Skandal wurde außerdem ein Frühwarnsystem eingeführt. Die EU-Kommission hat nun die Möglichkeiten, rasch Notfallmaßnahmen einzuleiten, wenn Mitgliedsstaaten nicht ausreichend auf ein Risiko für Mensch oder Tier reagieren.

EU-Bio-Logo.
Mit dem EU-Bio-Logo werden biologisch erzeugte Agrarprodukte gekennzeichnet. Sie kennzeichnen:
- Nachhaltige Herstellung
- Regelmäßige Kontrollen der Herstellung
- Keine genmanipulierten Inhaltsstoffe
- Strenge Regeln bei der Nutzung von Düngemitteln
- Wahrung des Naturschutzes
- Wahrung des Tierschutzes
- Einsatz lokaler Ressourcen

Tierschutz

© European Union, 2017

Tierschutz: Die in der EU geltenden Tierschutzregeln wurden in den letzten Jahren verschärft. Nachdem Tierschutz-Verbände Quälereien von Tieren beim Transport und der Schlachtung öffentlich gemacht haben, beschlossen die Staats- und Regierungschefs der EU 1997 in Amsterdam ein „Protokoll über den Tierschutz und das

Anteil biologischer Landwirtschaft.
Die Top-5-Länder der EU:
Österreich 25,4%
Schweden 20,3%
Estland 22,4%
Tschechische Republik 15,3%
Italien 16,0%
(Quelle: Eurostat 2020)

Wohlergehen der Tiere". Dieses Protokoll anerkennt, dass auch Tiere fühlende Lebenswesen sind und dass der Mensch eine Verpflichtung für ihr Wohlergehen hat. In Folge wurden EU-Gesetze erlassen, die unnötige Qualen für Tiere bei Transport und Schlachtung verhindern sollen. Für Tierschutzvereine waren freilich diese Entscheidungen noch zu wenig weitgehend.

3.6 Innere Sicherheit – freie Reise durch Europa

Eine der sichtbarsten Errungenschaften der Europäischen Union ist neben dem Euro die Reisefreiheit quer durch die meisten Mitgliedsstaaten. Für eine Reise von Belgien nach Italien, von Deutschland nach Portugal ist mittlerweile kein einziges Mal mehr der Pass vorzuzeigen. Die Grenzübergänge sind offen. Kontrollen wurden abgeschafft. Doch nach der Masseneinwanderung als Folge des Kriegs in Syrien der Jahre 2015 und 2016 haben einzelne Länder, darunter Deutschland, Schweden und Österreich wieder Kontrollen an ihren Grenzen eingeführt. Sie wurden inzwischen mehrmals verlängert.
Wer sich in ein kleines Fischerdorf in Portugal verliebt, kann dort sogar hinziehen und dort eine Arbeit annehmen oder eine Firma gründen. Der EU-Binnenmarkt erlaubt, dass EU-Bürger überall in der Union einer Beschäftigung nachgehen. Auch Studenten wird die Möglichkeit geboten, sich in der EU einen Studienplatz zu suchen. Sogar Pensionisten können ihren Ruhestand dort verbringen, wo sie wollen.

Europaweit jobben: Trotz aller Freiheiten ist es in der Praxis nach wie vor nicht leicht, sich in einem andern EU-Land niederzulassen oder europaweit eine Arbeit zu suchen. Doch wer sich zu einem solchen Schritt entschlossen hat, bekommt auch Hilfe von der EU. Seit 1994 gibt es das EURES-Netzwerk (European Employment Service). Dieses Service bietet Informationen über offene Stellen und über Lebens- und Arbeitsbedingungen in den EU-Mitgliedsstaaten. Ziel des Netzwerks, das Büros in allen Mitgliedsstaaten unterhält, ist die Förderung der beruflichen Mobilität. (Internetadresse: https://ec.europa.eu/eures/

Lernen und arbeiten in der EU

Die Reisefreiheit bringt natürlich auch Gefahren mit sich. Denn auch Kriminelle können sich nun frei in Europa bewegen und müssen nicht Grenzkontrollen fürchten. Illegale Einwanderer können überall in der EU untertauchen. Um diesen Gefahren entgegenzuwirken, wurde die Zusammenarbeit der Polizei- und Justizbehörden verstärkt und ein besserer Schutz an den gemeinsamen Außengrenzen eingeführt. Zur Koordination der nationalen Behörden wurden die europäische Polizeibehörde „Europol" und die Europäische Stelle für justizielle Zusammenarbeit „Eurojust" gegründet. Ihr Sitz ist in Den Haag (Niederlande). Die Grenzschutzagentur „Frontex" bemüht sich um den Schutz der EU-Außengrenzen.

Die Unionsbürgerschaft

Neben der nationalen Staatsbürgerschaft als Deutscher, Franzose, Slowene, Pole oder Österreicher hat jeder EU-Bürger auch eine Unionsbürgerschaft. Sichtbar wird dies durch die einheitlichen roten EU-Pässe. Jede Unionsbürgerin und jeder Unionsbürger hat das Recht, sich in allen EU-Mitgliedsstaaten frei zu bewegen und aufzuhalten. Niemand darf gegenüber Bürger/innen des jeweiligen Gastlandes diskriminiert werden. Die Unionsbürgerschaft bedeutet auch das Recht, an Wahlen zum Europäischen Parlament teilzunehmen. Darüber hinaus darf jeder EU-Bürger auch außerhalb seines eigenen Landes an kommunalen Wahlen teilnehmen oder selbst für ein politisches Amt kandidieren. Wenn ein Deutscher sich in einer italienischen Stadt ansiedelt, darf er dort zwar nicht an den Parlamentswahlen, jedoch an den Bürgermeisterwahlen teilnehmen. Da nicht jedes EU-Land überall auf der Welt eine Botschaft oder ein Konsulat unterhält, können EU-Bürger sich zudem bei benötigter Hilfe im Ausland auch an Konsulate anderer Mitgliedsstaaten wenden.

Das Schengen-Abkommen: Die Europäischen Staaten haben sich bei der Öffnung der internen Grenzen (man sagt auch „Binnengrenzen" zwischen EU-Staaten) nicht gerade leichtgetan. Den ersten Schritt machten Deutschland und Frankreich, die 1984 den Abbau der Grenzkontrollen zwischen beiden Ländern beschlossen hatten. 1985 wurde dann im kleinen Moselort Schengen in Luxemburg das gleichnamige „Schengen-Abkommen" zwischen Deutschland, Frankreich, Belgien, Luxemburg und Niederlande unterzeichnet. Es sieht den stufenweisen Abbau der Grenzkontrollen zwischen allen Teilnehmerländern vor. Die erleichterte Bewegungsfreiheit der Bürger sollte aber nicht zu Lasten der Sicherheit gehen, deshalb wurde gleichzeitig mit dem Aufbau eines Sicherheitsnetzes begonnen. Wichtigster Teil war die Einführung strenger Einreisekontrollen an den gemeinsamen Außengrenzen. Zum besseren Austausch von Informationen über gefährliche und unerwünschte Einreisende wurde ein gemeinsames Computernetz aufgebaut, das die Grenzstationen mit den Daten der gesuchten Personen sowie etwa mit Daten über

Vorübergehende Grenzkontrollen. Wenn akute Gefahr besteht, dürfen die Schengen-Teilnehmerländer wieder vorübergehend Grenzkontrollen einführen. Dies kann beispielsweise im Fall von Terroranschlägen oder großen Flüchtlingsströmen geschehen. Allerdings ist nicht erlaubt, ohne Grund alle Personen an der Grenze zwischen Teilnehmerländern aufzuhalten. In Folge einer Flüchtlingswelle im Jahr 2015 wurden beispielsweise die Grenzen zwischen Österreich und Deutschland, Österreich und Ungarn sowie Österreich und Slowenien an einigen Übergängen wieder kontrolliert. Die EU-Kommission muss solche zeitweiligen Kontrollen genehmigen.

gestohlene Fahrzeuge versorgt. Dieses Netzwerk heißt „Schengen Informations-System" (SIS).

Mittlerweile nehmen fast alle EU-Mitgliedstaaten mit Ausnahme von Großbritannien und Irland teil. Rumänien, Bulgarien und Zypern werden in Zukunft teilnehmen. Auch Nicht-EU-Länder wie Norwegen und Island, die Schweiz und Liechtenstein haben sich an diesem Raum ohne Grenzkontrollen beteiligt. Das Gebiet reicht von den Seegrenzen in Portugal bis zu den Landgrenzen gegenüber Weißrussland und der Ukraine. Großbritannien und Irland lehnen das Projekt einstweilen ab und haben ihre Grenzkontrollen zu anderen EU- bzw. Schengen-Teilnehmerstaaten vorerst nicht aufgehoben.

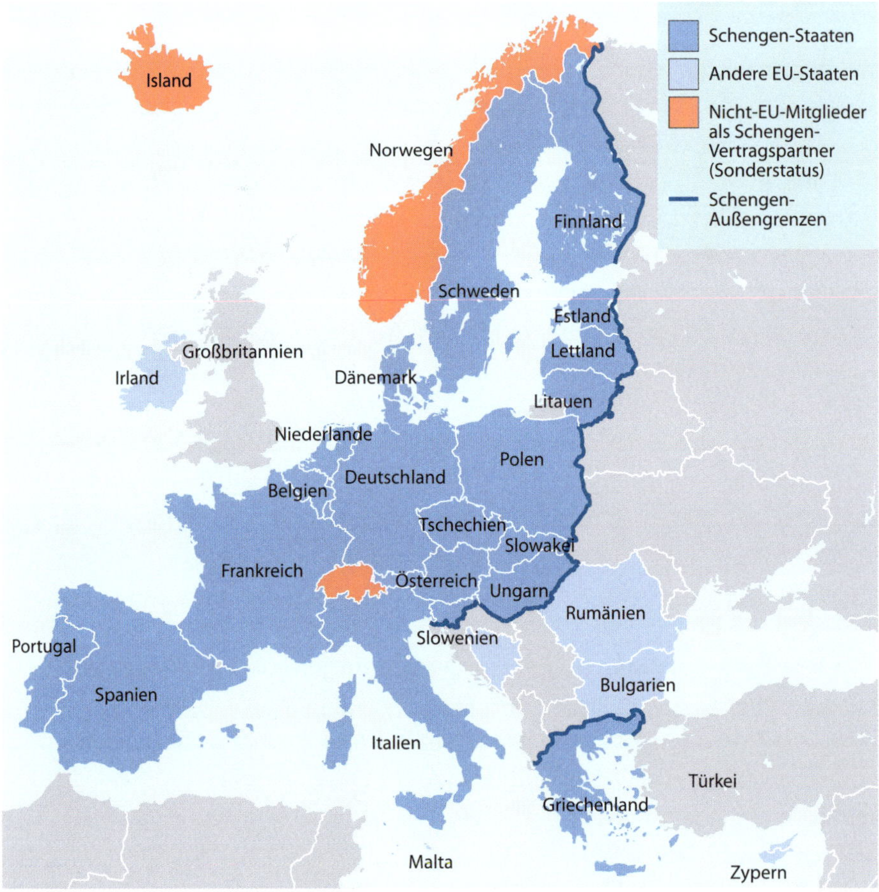

Das Schengen-Abkommen (Stand 2018)

Gemeinsame Asylpolitik: Da die EU-Staaten nun einen gemeinsamen Lebensraum bilden, muss auch die Zuwanderung gemeinsam geregelt werden. Nach wie vor dürfen schutzbedürftige Menschen in die Europäische Union einreisen. Die EU-Staaten haben sich zur Einhaltung der „Genfer Konvention" verpflichtet, die allen verfolgten Menschen eine Aufnahme in einem sicheren Land garantiert. Diese

Flüchtlinge, die in ihrer Heimat um ihr Leben bangen müssen, können auch ständig bleiben, sobald ihr Antrag auf Asyl angenommen ist. Probleme gibt es allerdings, da viele Zuwanderer einen Asylgrund nur vortäuschen. Es muss also genau geprüft werden, ob die einzelnen Personen wirklich daheim verfolgt wurden oder nur aus wirtschaftlichen Gründen die Heimat verließen. Zu diesem Zweck bemüht sich die Europäische Union seit Jahren um eine gemeinsame Asylpolitik. Ein erster Schritt war das Abkommen von Dublin. Darin wurde vereinbart, dass jeder Flüchtling in nur einem Staat seinen Antrag stellen kann. Es muss jenes EU-Land sein, in das er zuerst eingereist ist. Im Rahmen der großen Fluchtwelle ab 2015 wurde dieses System allerdings in Frage gestellt, weil es die südlichen Mitgliedsstaaten übermäßig belastete.

Damit nicht einzelne Personen ihr Glück gleich in mehreren Ländern versuchen, wurde das „Eurodac"-System eingeführt. Wer in einem der Mitgliedsstaaten einen Asylantrag stellt, wird mit seinem Fingerabdruck registriert. Versucht er es in einem anderen Land nochmals, kann durch diesen elektronisch gespeicherten Abdruck schnell festgestellt werden, dass er schon woanders versucht hat, ein Bleiberecht zu bekommen.

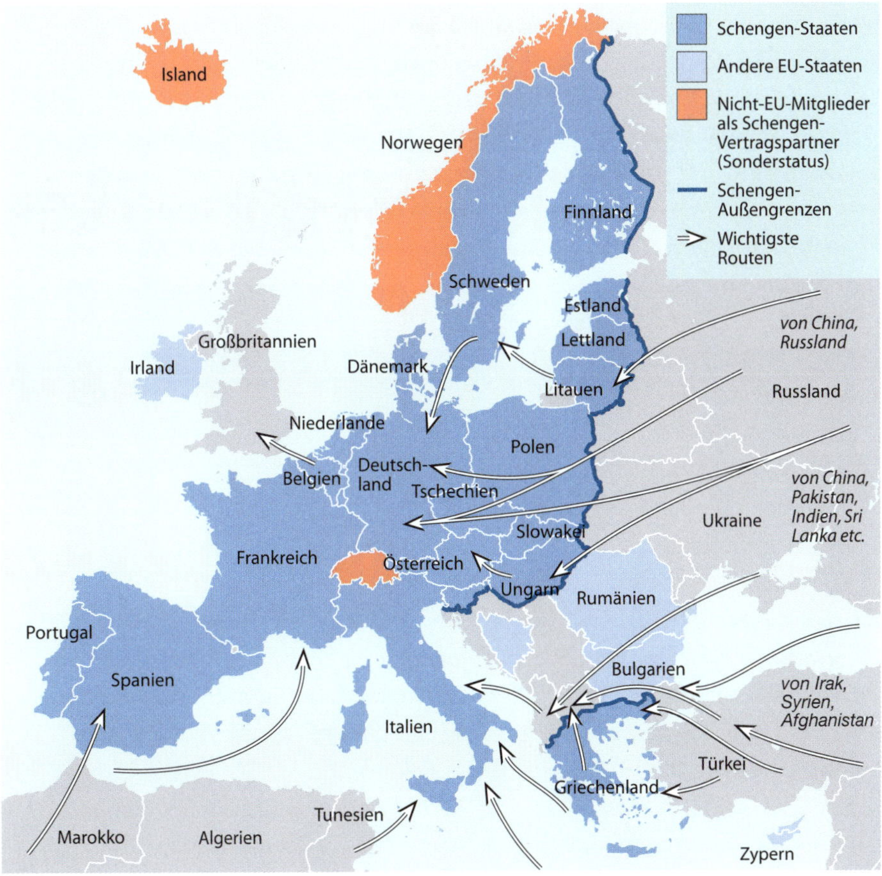

Wichtigste Schlepperrouten in die EU

Operation Ciconia Alba. Wenn es um grenzübergreifende Verbrechen geht, helfen die EU-Staaten zusammen. 2016 koordinierte Europol ein gemeinsames Vorgehen gegen Banden, die Menschen und Drogen über Grenzen schmuggeln. Dabei wurden 314 Personen festgenommen, 2,38 Tonnen Kokain beschlagnahmt und 529 Opfer von Menschenhandel identifiziert.

Um mit plötzlichen Flüchtlingswellen besser umgehen zu können, wurde eine gemeinsame Grenzschutzagentur (Frontex) gegründet. Sie organisiert Einsätze an der Außengrenze der EU, um einen Massenandrang an illegalen Zuwanderern aufzuhalten. Die Mitgliedstaaten scheiterten aber jahrelang daran, eine gerechte Aufteilung von Flüchtlingen und einen effizienten Außengrenzschutz zu organisieren. Die Interessen der Einzelstaaten standen einer gemeinsamen Lösung des Problems entgegen.

Gemeinsame Einwanderungspolitik: Noch ausständig ist eine gemeinsame Einwanderungspolitik. Denn es gibt ja neben Hilfe suchenden Menschen und illegalen Einwanderern auch viele, die versuchen, in Europa aus wirtschaftlichen oder persönlichen Gründen Fuß zu fassen. Für sie sind aber nach wie vor die Mitgliedsstaaten selbst zuständig. Wer einmal in einem der Mitgliedsstaaten die Staatsbürgerschaft verliehen bekommen hat, darf sich allerdings dann so wie jeder EU-Bürger frei in der gesamten Union bewegen und ansiedeln.

So wird gemeinsam gegen die organisierte Kriminalität gekämpft

Europol: Die Europäische Polizeibehörde in Den Haag ist die zentrale Schaltstelle im Kampf gegen die organisierte Kriminalität in Europa. Für kriminelle Organisationen, die Drogen- und Menschenhandel betreiben, bietet die EU mit ihren offenen internen Grenzen ein attraktives Betätigungsfeld. Damit die Öffnung der Grenzen keine Nachteile für die Sicherheit bringt, müssen die EU-Mitgliedsstaaten vor allem im Kampf gegen die organisierte Kriminalität stärker denn je zusammenarbeiten. Gemeinsam haben sie deshalb Europol gegründet. Die Europäische Polizeibehörde nahm 1994 als Europol-Drogenstelle ihren Dienst auf. Mittlerweile befasst sich die EU-Behörde mit allen Formen der internationalen Schwerkriminalität:

- Illegaler Drogenhandel
- Menschenhandel
- Terrorismus
- Geldfälschungen
- Systematischer Autodiebstahl
- Kinderpornografie
- Wirtschafts- und Computerkriminalität

Europol ist kein Geheimdienst. Die Beamten sind nicht wie James Bond international agierende Agenten. Nein, Europol hilft beim Datenaustausch zwischen den Mitgliedsstaaten und gibt technische Unterstützung bei grenzüberschreitenden Polizeieinsätzen. So koordinierte etwa die Europäische Polizeibehörde einen europaweiten Einsatz gegen Geldfälscher. Gemeinsam mit den lokalen Sicherheitskräften wurde 2004 ein Ring von Fälschern in Tschechien und Bulgarien ausgehoben. Bei ihnen wurde Falschgeld in der Höhe von 230.000 Euro sichergestellt. Insgesamt sind in der Europäischen Polizeibehörde in Den Haag rund 400 Personen beschäftigt. Davon sind 60 Personen sogenannte Verbindungsbeamte. Sie wurden direkt von nationalen Polizeibehörden entsandt und sind deren Ansprechpartner bei Europol.

3.7 Außen- und Sicherheitspolitik

Lange verfolgte die Europäische Union vor allem wirtschaftliche Interessen. Es wurden ein gemeinsamer Markt und sogar eine gemeinsame Währung geschaffen. Doch bald wurde deutlich, dass Europa nur dann erfolgreich auf internationaler Ebene auftreten kann, wenn es auch mit einer gemeinsamen Stimme spricht. Im 2009 in Kraft getretenen Vertrag von Lissabon wurde deshalb der Aufbau eines gemeinsamen diplomatischen Dienstes vereinbart. Er umfasst mittlerweile 3600 Mitarbeiter. Die Leitung übernimmt ein „Hoher Vertreter der EU für Außen- und Sicherheitspolitik". Dieser Posten sollte besonders aufgewertet werden. Deshalb ist dieser höchste Außenpolitiker der Gemeinschaft auch Vizepräsident der EU-Kommission und leitet seit 2009 auch alle Treffen der Außenminister der Mitgliedstaaten. Als Erste übernahm die Britin Catherine Ashton, danach die Italienerin Federica Mogherini dieses wichtige Amt.

Humanitäre Hilfe. Zur gemeinsamen Außenpolitik zählt auch Hilfe für Länder in Not. Die EU fördert über die Entwicklungszusammenarbeit Projekte in ärmeren Ländern. Außerdem bietet die EU ihre Hilfe bei Naturkatastrophen und Hungersnöten an.

Eine erste schwierige Aufgabe bewältigte die gemeinsame Außen- und Sicherheitspolitik der EU bei der Begleitung der politischen Umbrüche im arabischen Raum seit dem Frühjahr 2011. Frühzeitig nahmen EU-Diplomaten zu den Rebellen in Tunesien oder Libyen Kontakt auf, um zu einem friedlichen Übergang zu einer neuen Regierung beizutragen. Erstmals wurde dabei aber deutlich, wie schwierig es ist, die Interessen von so vielen Mitgliedstaaten auf einen Nenner zu bringen. Im internationalen Konflikt mit dem Iran vermittelte die EU ein Abkommen zur Verhinderung einer möglichen Atomwaffenproduktion.

Welche Ziele verfolgt die EU-Sicherheitspolitik?

- Die EU will international an Bedeutung gewinnen.
- Die EU will selbst zum Frieden beitragen, vor allem in ihrer Nachbarschaft.
- Die EU will sich gegen internationale Bedrohungen wie den Terrorismus schützen.

NATO und EU: Es gibt einen guten Grund, warum es so lange gedauert hat, bis die EU-Mitgliedsstaaten entschieden haben, eine gemeinsame Außen- und Sicherheitspolitik zu schaffen: Ein Großteil der EU-Staaten ist nämlich seit langem NATO-Mitglied und damit bereits in eine militärische Verteidigungsgemeinschaft eingebunden. Doch es gibt unterschiedliche Interessen in der Europäischen Union und dem transatlantischen Bündnis (NATO). Die EU verfolgt rein europäische Interessen, die NATO verfolgt hingegen auch die Interessen der USA. Denn die NATO

ist ein Militärbündnis zwischen europäischen Staaten, den USA und Kanada. Der NATO gehören fast alle EU-Staaten mit Ausnahme von Finnland, Irland, Österreich, Schweden sowie Malta und Zypern an. Darüber hinaus auch die Türkei, Island und Norwegen.
Weil es angesichts der Doppelmitgliedschaft vieler Länder undenkbar wäre, dass die Mitgliedsstaaten der NATO und der EU in militärischen Fragen gegeneinander arbeiten, wurde eine enge Kooperation zwischen diesen beiden Organisationen vereinbart. Die EU kann nun bei ihren eigenen Operationen auf die Fähigkeiten der NATO (Truppen und Ausrüstung) zurückgreifen. Im Gegenzug hilft die EU bei internationalen Krisen aus.

NATO

Ukraine-Krise. Nach der Okkupation der Krim 2014 und der militärischen Invasion russischer Truppen in die Ukraine 2022 beschlossen die 27 Mitgliedstaaten Militärhilfe für ein Drittland und humanitäre Hilfe für die ukrainische Bevölkerung sowie für Flüchtlinge.

Internationales Engagement: 1997 haben die EU-Mitgliedsstaaten die sogenannten „Petersberg-Aufgaben" beschlossen. Mit ihnen wurde klar, dass es den europäischen Staaten nicht um kriegerische Absichten geht. Es geht der EU um mehr Sicherheit vor allem in ihrer Nachbarschaft und um das Bewusstsein, dass auch die europäischen Länder dafür ihren Beitrag leisten müssen.

Ziele der Außen- und Sicherheitspolitik

- Internationale Abrüstungsmaßnahmen
- Humanitäre Aufgaben und Rettungseinsätze
- Militärische Beratung und Unterstützung
- Konfliktverhütung und Friedenserhaltung
- Krisenmanagement

In der Praxis bedeutet das: Die EU schickt nichtmilitärische Hilfsmannschaften in Krisengebiete. So wurden etwa Juristen nach Georgien oder Kosovo geschickt, um dort den Aufbau eines Rechtsstaats zu unterstützen. In Mazedonien kamen europäische Polizeikräfte zum Einsatz. Wenn es notwendig ist, beteiligt sich die Europäische Union aber auch mit militärischen Truppen an Einsätzen, um in Krisengebieten für die Aufrechterhaltung der Ordnung zu sorgen. Im Extremfall kann dies – wie im Tschad oder in Somalia – auch zur Teilnahme an friedensschaffenden Militäreinsätzen führen.

EU und NATO in Europa (Stand 2013)

Die Mittel: Für eine gemeinsame Außen- und Sicherheitspolitik benötigt man auch geeignete Mittel. Es bedarf genügend Soldaten und militärischen Materials, die von allen Mitgliedstaaten zur Verfügung gestellt werden. Es wurde ein diplomatischer Dienst mit 145 Vertretungen in Ländern außerhalb der EU und bei internationalen Organisationen aufgebaut.

Bei den Vereinten Nationen sorgt nun ein eigener EU-Botschafter dafür, dass die Mitgliedstaaten künftig wo immer möglich mit einer gemeinsamen Position auftreten.

Es wurden außerdem gemeinsame Institutionen in Brüssel geschaffen, die analysieren, welche internationalen Krisen für die europäischen Staaten gefährlich werden könnten. Es wurden in Brüssel auch Büros gegründet, die sich mit der Planung internationaler Hilfs-, Polizei- und Militäreinsätze beschäftigen. Bereits zuvor wurde damit begonnen, eine militärische Krisentruppe und Polizeieinheiten aufzustellen, die für internationale Einsätze jederzeit bereitstehen sollen. Sie setzen sich aus Personal aller EU-Staaten zusammen.

EU-Armee. Obwohl immer wieder die Idee einer gemeinsamen EU-Armee diskutiert wird, gibt es bisher kein stehendes Heer der EU. Wenn die EU-Regierungen ein gemeinsame Mission zur Friedenserhaltung beschließen, wird diese durch Truppen aus mehreren Mitgliedstaaten zusammengestellt.

Europäische Nachbarschaftspolitik. Zur gemeinsamen Außenpolitik zählen auch Bemühungen, das Verhältnis zu den unmittelbaren Nachbarländern der EU zu verbessern. Ziel ist es, die Lage in Ländern wie der Ukraine, aber auch in Nordafrika und Nahost zu stabilisieren und zu Wohlstand in diesen Regionen beizutragen. Die EU-Kommission arbeitet mit diesen Partnerländern Aktionspläne aus, unterstützt sie finanziell bei der Modernisierung ihrer Verwaltung und Wirtschaft. Sie bindet sie aber auch mit Assoziierungsabkommen wirtschaftlich an die EU an.

Die Europäische Krisen-Feuerwehr: Die EU will militärischen Konflikten und humanitären Katastrophen in ihrer Nachbarschaft nicht mehr tatenlos zusehen. Vorerst wurden deshalb sogenannte „battle groups" aufgestellt: Militärische Verbände von je 1.500 Soldaten, die in nur fünf bis zehn Tagen einsatzbereit sind. Ihr Einsatz muss von den EU-Regierungen einstimmig beschlossen werden. Ein Mandat von den Vereinten Nationen wird angestrebt, ist aber nicht Bedingung. Die EU-Eingreiftruppen sollen im Notfall auch für eine rasche Evakuierung von EU-Bürgern aus einer Krisenzone sorgen. Beschlossen wurde auch der Aufbau einer europäischen Eingreiftruppe von 60.000 Soldaten. Sie wurde aber von den Mitgliedstaaten bisher nicht gemeinsam aufgestellt. Gleichzeitig soll eine Europäische Rüstungsagentur für einheitliche Ausrüstungs-Standards sorgen. In Frankreich wird auch eine eigene europäische Satelliten-Beobachtungsstelle aufgebaut.

EU-Truppe aus mehreren Ländern

Beispiel für internationale Einsätze der EU

Schutz vor Piraten. Am Horn von Afrika kam es ab 2008 immer öfter zu Überfällen von Piraten auf internationale Schiffe. In nur einem Jahr wurden insgesamt 30 Schiffe gekapert und dabei zahlreiche Geiseln genommen. Die EU beschloss daraufhin, eine Militärmission mit dem Namen „Atalanta" in die Region zu entsenden. Am Schutz der internationalen Gewässer sind 20 EU-Ländern und zwei Nicht-EU-Länder beteiligt. Den Großteil der Kosten übernehmen die teilnehmenden Staaten, die EU stellte bisher 14,7 Millionen Euro aus dem Gemeinschaftsbudget zur Verfügung.

Einsatz in Nord-Mazedonien: Nach dem Zerfall Jugoslawiens ist es in den Balkanländern zu schweren Spannungen gekommen. Nach Kriegen in Kroatien, Bosnien-Herzegowina, Kosovo und Serbien spitzte sich auch die Lage in Nord-Mazedonien zu. Die kleine Republik hat seit ihrer Selbständigkeit 1991 große interne Probleme. Wirtschaftlich kann sich das Land mit seinen 2,1 Millionen Einwohnern nicht erholen. Mit dafür verantwortlich waren die gewalttätigen Auseinandersetzungen zwischen den moslemischen Albanern und den slawisch-christlichen Einwohnern.

Die nord-mazedonische Armee und bewaffnete Angehörige der albanischen Minderheit haben sich lange blutige Kämpfe geliefert. Eine erste Verbesserung wurde 2001 durch die neue Verfassung erreicht, mit der den Albanern Minderheitenrechte zuerkannt wurden. Damit der Friede aber auch hält, hat zuerst die NATO eine internationale Truppe nach Nord-Mazedonien entsandt. Im Jahr 2003 übernahm die EU mit der Operation „Concordia" diese Aufgabe. Diese erste militärische EU-Operation umfasste 350 Soldaten. Der nord-mazedonische Präsident Boris Trajkovski hatte die EU ausdrücklich gebeten, den Einsatz zu übernehmen. Für die teilnehmenden Soldaten war die Aktion natürlich ein Risiko. Für den Notfall war deshalb vereinbart worden, dass NATO-Soldaten ihre EU-Kollegen aus dem Krisengebiet evakuieren. Aber der Einsatz wurde nicht nur gut geplant, sondern schließlich erfolgreich abgeschlossen. Da sich noch im Laufe des Jahres 2003 die Lage in Nord-Mazedonien stabilisiert hat, konnte der Einsatz schon nach neun Monaten beendet werden. Die Soldaten wurden abgezogen. Statt ihnen wurde eine 200 Personen starke EU-Polizeitruppe entsandt, die noch die weitere friedliche Entwicklung überwachte.

Die EU will ein Friedensprojekt sein

Friedensmission im Tschad: Anfang 2008 wurden auch 2.500 EU-Soldaten (darunter 160 aus Österreich) im Rahmen einer EUFOR-Mission zum Schutz der Flüchtlinge aus der sudanesischen Krisenprovinz Dafur in den Osten des Tschad verlegt. Räuberbanden hatten zuvor die Flüchtlingslager wiederholt überfallen. Die Schutzmission leitete ein irischer Offizier.

3.8 Umwelt- und Klimapolitik

Umwelt- und Klimaprobleme machen vor nationalen Grenzen nicht halt. Sie können nur durch internationale Abkommen und in Zusammenarbeit mit anderen Ländern gelöst werden. Deshalb ist vor allem die Klimapolitik zu einem Kernbereich der Aufgaben der Europäischen Union geworden.

Die EU hat sich im Pariser Klimaabkommen – einem Vertrag von 196 Ländern – dazu verpflichtet, die Treibhausgase bis 2030 um 30 Prozent (gegenüber 2005) zu

Glashauseffekt. Durch den vermehrten Ausstoß von CO_2 und anderen Treibhausgasen wie etwa Methan, die sich am Rand der Atmosphäre sammeln, ist ein Glashauseffekt entstanden. Er trägt zur kontinuierlichen Erwärmung der Erde bei. Um ihn zu beseitigen, müssen die Treibhausgase auf ein Maß reduziert werden, dass von Pflanzen und Boden gebunden werden kann.

senken. Damit soll die Erderwärmung beim Anstieg der Durchschnittstemperatur auf unter zwei Grad gesenkt werden. Nach der Pariser UN-Konferenz im Jahr 2015 gab es immer wieder Vorstöße in der EU, das gesetzte Ziel noch zu verschärfen. Ein Großteil der Mitgliedstaaten hat mittlerweile beschlossen, bis 2050 die Treibhausgase auf ein Niveau zu senken, das klimaneutral von Pflanzen und Boden aufgenommen werden kann.

Bei den festgelegten Zielen je Land wurde auf den jeweiligen wirtschaftlichen Entwicklungsstand Rücksicht genommen. Länder wie Polen oder Ungarn müssen weniger Ausstoß reduzieren als beispielsweise Schweden oder Deutschland.

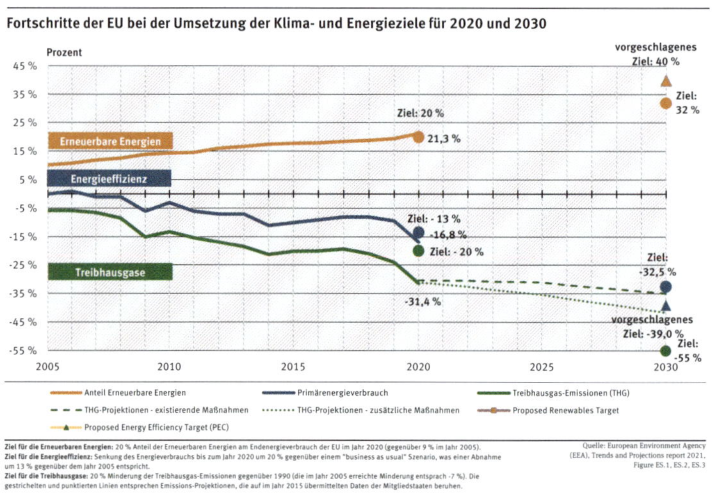

Reduzierung von Treibhausgasen bis 2030 – verglichen mit dem Basiswert 2005

Die EU verfügt über zwei Mittel, um ihre Klimaziele zu erreichen:

1. Klimaschutzverordnungen: Das sind Gesetze, die alle Mitgliedstaaten umsetzen müssen. Sie sehen eine Lastenteilung vor: Besser entwickelte Länder müssen mehr Treibhausgas reduzieren als Länder mit einem wirtschaftlichen Nachholbedarf. Vorgesehen sind verbindliche Jahresziele für die Jahre bis 2030.

2. Emissionshandel: Industrie- und Energie-Unternehmen, die eine große Menge an Treibhausgasen verursachen, müssen dafür Emissionszertifikate erwerben. Wer umweltfreundlicher wirtschaftet und weniger ausstößt, kann seine Zertifikate an andere verkaufen. Damit soll ein wirtschaftlicher Anreiz geschaffen werden, klimafreundlich zu produzieren.

3.9. Gesundheitspolitik

Gemeinsamer Kampf gegen Pandemie

Die Gesundheitspolitik zählt eigentlich nicht zu den zentralen Aufgaben der EU. Als im Winter 2019/2020 die Corona-Pandemie ausbrach, agierten die Mitgliedstaaten vorerst allein. Dies führte zu einem Wettbewerb bei der Beschaffung von medizinischer Ausrüstung. Auch gegenseitige Grenzkontrollen wurden wieder eingeführt. Bald wurde aber erkannt, dass die 27 EU-Staaten ihren Kampf gegen die Ausbreitung des gefährlichen Virus koordinieren müssen, um erfolgreich zu sein. Für Länder wie Italien, die zu Beginn der Pandemie hauptbetroffen waren, wurde eine gemeinsame Hilfe organisiert. Patienten wurden zur Behandlung in andere EU-Staaten geflogen.

Durch gemeinsame Forschungsprojekte wurde die Entwicklung von Covid-Tests, Behandlungsmethoden und Impfstoffen finanziert. Insbesondere zu Beginn der Krise war es ein Rennen um die Zeit. Lockdowns in den Mitgliedsstaaten brachten Teile der Wirtschaft zum Erliegen. Die Regierungen mussten neue Schulden aufnehmen. Schon im Mai 2020 entwickelte die EU-Kommission ein Wiederaufbauprogramm, das letztlich mit 750 Milliarden Euro Europas Wirtschaft helfen sollte.

Die Mitgliedstaaten einigten sich darauf, den Impfstoff gegen das Virus gemeinsam zu erwerben. Ab Juli 2020 verhandelte die EU-Kommission mit Anbietern Vorverträge aus. So wie alle in der EU verbreiteten Medikamente, mussten auch die Impfstoffe das Prüfverfahren der Europäischen Arzneimittelagentur in Amsterdam (EMA) durchlaufen.

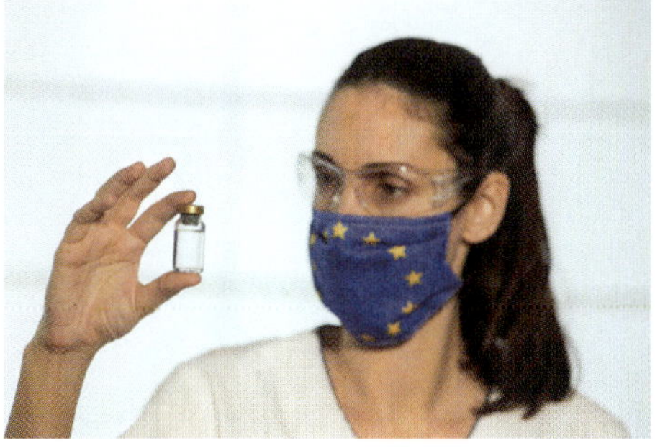

Bis zum März 2022 wurden fünf Impfstoffe in der EU zugelassen

Bis Dezember 2021 wurden 2,3 Milliarden Impfdosen für die EU-Bürger von Brüssel durch Verträge mit den Herstellern gesichert, dennoch wurde die gemeinsame Beschaffung kritisiert. Vor allem, da die EU-Kommission auf die Interessen und finanziellen Möglichkeiten aller Mitgliedstaaten Rücksicht nehmen musste, konnten die USA, Israel und Großbritannien rascher zu den Impfstoffen kommen als die EU. Ab Anfang 2021 war aber ausreichend Impfstoff für alle EU-Bürger vorhanden,

EMA. Die Europäische Arzneimittelagentur EMA mit Sitz in Amsterdam ist für die Genehmigung aller Arzneien – auch Impfungen – zuständig. Sie prüft Labortests und Tests an Menschen und beobachtet auftretende Nebenwirkungen. Die EMA finanziert sich zu 86 Prozent aus Gebühren, die sie für die Prüfung neuer Medikamente bei Pharmaunternehmen einhebt. Der Rest stammt aus dem gemeinsamen EU-Budget.

die sich impfen lassen wollten. Im Juli 2021 überholte die EU die USA bereits bei der Impfquote.

Um sich für die Zukunft besser vor Pandemien zu schützen, wurde von den Mitgliedstaaten eine engere Zusammenarbeit im Gesundheitswesen vorbereitet. Außerdem wurden Vorbereitungen getroffen, eine Impfstoffherstellung in der EU sicherzustellen. Einer der weltweit wichtigsten Impfstoffe gegen Covid19 wurde großteils in der EU entwickelt und produziert.

Die europäische Wirtschaft erholte sich mit Hilfe des gemeinsamen Wiederaufbaufonds rasch. Einige EU-Mitgliedstaaten wie Irland, Luxemburg oder Schweden schafften es bereits 2021, ihre Wirtschaftsleistung so sehr zu steigern, dass sie über dem Niveau vor der Krise lag. Der Rest schaffte es 2022.

Wissens-Check:

1 Was bringt die Unionsbürgerschaft?

1. Das Recht auf EU-Förderungen bei persönlichen Haushaltsproblemen
2. Das Recht, sich überall in der EU aufzuhalten, anzusiedeln und an kommunalen Wahlen teilzunehmen
3. Das Recht, an Sitzungen der EU-Kommission teilzunehmen
4. Das Recht auf Zusendung aller Informationen über EU-Entscheidungen

2 Die EU hat sich verpflichtet, künftig auch humanitäre Aufgaben und Rettungseinsätze, Aufgaben zur Erhaltung und Schaffung von Frieden zu übernehmen. Wie heißen diese Aufgaben?

1. Delors-Aufgaben
2. Lissabon-Ziele
3. Petersberg-Aufgaben
4. Martini-Aufgaben

3 Wie heißt die Vereinbarung, die garantieren soll, dass alle Euro-Teilnehmerländer ihren eigenen Haushalt in Ordnung halten?

1. Stabilitäts- und Wachstumspakt
2. Kopenhagen-Kriterien
3. Null-Toleranz-Pakt
4. Dubliner Übereinkommen

4 Die Entwicklung der gemeinsamen Agrarpolitik hatte zum Hauptziel?

1. Die Verwendung einheitlicher Dünger
2. Gleiche Schulterhöhe bei Zuchtstieren
3. Anpassung der Milchqualität
4. Sicherung der Versorgungslage mit Grundnahrungsmitteln

Aufgabenstellung:

- Fassen Sie die Voraussetzungen zusammen, die ein Beitrittsland erfüllen muss.
- Das Schengen-Abkommen ermöglicht die Öffnung der Grenzen zwischen den Mitgliedsstaaten. Beschreiben Sie die Risiken von offenen Grenzen und was die EU ihnen entgegensetzt.
- Die EU möchte vieles sein. Manche sagen sogar, sie will zu viele Aufgaben erfüllen – als Wirtschaftsgemeinschaft und als politische Union. Was erwarten Sie von der Europäischen Union. Auf welche Aufgaben sollte sie sich konzentrieren?

Internet-Aufgabe:

Schauen Sie auf die Internetseite http://www.euractiv.com/. Welche Ereignisse, Entscheidungen sind heute in der EU aktuell? Sie finden die Nachrichten gleich auf der Homepage. Greifen Sie eine Nachricht heraus, die auch Ihr Heimatland betreffen könnte, und fassen Sie diese kurz zusammen.

Debatte 1:

Sie simulieren mit mehreren Teilnehmern (mind. 4) eine Sitzung von EU-InnenministerInnen. Die EU ist mit einer neuen Flüchtlingswelle konfrontiert. Wie soll sie reagieren? Teilen Sie die Debattenrunde in zwei etwa gleichgroße Gruppen auf. Ein Teil argumentiert eine Aufteilung der ankommenden Flüchtlinge, der andere Teil argumentiert dagegen. Gelingt es den beiden Gruppen nicht, sich für oder gegen die Aufteilung zu einigen, suchen Sie gemeinsam nach Alternativen zur Flüchtlingskrise.
Vorbereitungszeit: 10 Min.

Debatte 2:

Sie simulieren mit mehreren Teilnehmern (mind. 4) eine Sitzung der EU-UmweltministerInnen. Der Klimawandel droht sich weiter zu verstärken. Die bisherigen Maßnahmen – die Senkung des CO_2-Ausstoßes – reichen nicht mehr aus. Teilen Sie die Debattenrunde in zwei etwa gleichgroße Gruppen. Der eine Teil argumentiert, warum jedes Land alleine entscheiden soll, wie viel es zum Klimaschutz beiträgt. Der andere Teil argumentiert für gemeinsame europäische Regelungen, die überall umgesetzt werden müssen.
Vorbereitungszeit: 10 Min.

Selbstkontrolle:

Ich …	+	+/–	–
… kann die Funktion des Binnenmarkts beschreiben			
… kenne die wichtigsten Bürgerechte in der EU			
… weiß, warum der Euro eingeführt wurde			
… kenne in groben Zügen die Aufgaben der EU-Agrarpolitik			
… kann den Inhalt des Schengen-Abkommens erklären			
… kenne die Aufgaben von Europol			
… kenne die Unterschiede zwischen der Nato und der EU			

4 Geschichte und Zeitgeschichte

Lernziel Kapitel 4:

Es soll ein grober Überblick über die Etappen der europäischen Geschichte seit 1945 gegeben werden. Ziel ist es, Verständnis für die ständige Dynamik wechselnder Erfolge und Misserfolge der Europäischen Union zu bekommen.

4.1 Sehnsucht nach Frieden – Eine Vision führt zur Zusammenarbeit

Europa im Jahr 1950. Fünf Jahre nach Ende des Zweiten Weltkriegs und nach dem Sieg über die nationalsozialistische Diktatur in Deutschland ist der Kontinent von echtem Frieden und Wohlstand weit entfernt. Der Wiederaufbau hat die gewaltigen Zerstörungen erst zum Teil beseitigt. Neue politische Spannungen sorgen dafür, dass quer durch Europa ein „Eiserner Vorhang" gezogen wird: Zwischen Westeuropa, das amerikanische Wirtschaftshilfe bekommt, und dem von der Sowjetunion und dem kommunistischen System beherrschten östlichen Teil des Kontinents entbrannte ein „Kalter Krieg". Es war ein Krieg mit Drohungen, gegenseitigem Misstrauen und militärischer Aufrüstung. Vor dem Hintergrund des wachsenden Ost-West-Konflikts hatten 1949 mehrere westeuropäische Länder den Nordatlantik-Pakt (NATO) mit den USA unterschrieben und sich so gegenseitig militärischen Beistand zugesichert. Im September 1949 zündete die Sowjetunion in einem Test ihre erste Atombombe.

Deutschland wurde in zwei Teile aufgeteilt. Der Osten fiel unter sowjetischen Einfluss, im Westen wurde ein demokratisches System eingesetzt. Doch was sollte mit Westdeutschland, der 1949 entstandenen Bundesrepublik Deutschland, geschehen? Die Sieger des Zweiten Weltkriegs waren unsicher: Sollte man dem ehemaligen Kriegsgegner volle staatliche Eigenständigkeit (Souveränität) geben oder gar – wie die USA vorschlugen – die Wiederbewaffnung zulassen? Die Angst unter den Siegermächten war groß, Deutschland könnte wieder zu stark werden und neue Kriege auslösen.

Die Frage des Umgangs mit Deutschland blieb vor allem in Frankreich sehr umstritten. Im Frühjahr 1950 arbeitete der französische Außenminister Robert Schuman an einem Plan zur künftigen Zusammenarbeit mit der Bundesrepublik Deutschland. Schuman bat den Leiter des französischen Amtes für wirtschaftliche Planung, Jean Monnet, einen Mann mit politischem Weitblick, um Rat. Monnet wusste, dass die Zukunft in einer Einigung Europas lag, mit einem zentralen Ziel: der Versöhnung der oftmaligen Kriegsgegner Frankreich und Deutschland und einem gemeinsamen Willen zum Wiederaufbau.

Jean Monnet: „Wir müssen eine Verschmelzung der Interessen der europäischen Völker anstreben und nicht nur die Erhaltung des Gleichgewichts dieser Interessen." (1950) Auf den französischen Wirtschaftsexperten geht auch das Integrationskonzept „der Dynamik in kleinen Schritten von nachhaltiger Bedeutung" zurück, das lange beim Aufbau der EU angewandt wurde.

Europatag. Der 9. Mai wird in allen EU-Ländern als „Europatag" gefeiert. Am 9.5. 1950 hielt der französische Außenminister Robert Schuman in Paris seine Rede, die als Geburtsakt der Europäischen Zusammenarbeit gilt. Ein berühmt gewordenes Zitat daraus: „Europa lässt sich nicht mit einem Schlag herstellen und auch nicht durch eine einfache Zusammenfassung. Es wird durch konkrete Tatsachen entstehen, die zunächst eine Solidarität der Tat schaffen."

Robert Schuman

Schuman und Monnet erkannten, dass eine europäische Zusammenarbeit nur schrittweise verwirklicht werden konnte. Sie setzten bei den wichtigen Grundstoffen Kohle und Stahl an, um die in Europa schon so oft Krieg geführt worden war. Deutschland und Frankreich sollten die Produktion dieser beiden Grundstoffe unter eine gemeinsame Verwaltung, einer „Hohen Behörde", stellen. Damit traten beide Länder freiwillig einen Teil ihrer nationalen Verfügungsgewalt an eine übergeordnete Einrichtung ab: Dies sollte zum Grundprinzip der europäischen Einigung werden.

Monnet und Schuman hatten die Vision von einer „europäischen Föderation" auf der Basis von gleichberechtigten Mitgliedsländern. In der „Schuman-Erklärung" vom 9. Mai 1950 wurden dafür die Prinzipien festgelegt:

- Zwischen Deutschland und Frankreich muss eine dauerhafte Aussöhnung erfolgen.
- Die neue Gemeinschaft soll allen demokratischen Staaten Europas offenstehen.
- Die gemeinsam verwaltete Produktion von Kohle und Stahl soll den wirtschaftlichen Aufbau unterstützen und absichern.
- Die Ziele der neuen Gemeinschaft: Friede, Wohlstand und wirtschaftlicher Erfolg.

Unterzeichnung der Schuman-Erklärung

Porträt Jean Monnet
Der 1888 geborene Wirtschaftsexperte sammelte schon als junger Mann internationale Erfahrungen. Während des Ersten Weltkriegs wirkte er an gemeinsamen Versorgungsstrukturen der Alliierten Mächte mit. 1919–1923 war er stellvertretender Generalsekretär des „Völkerbundes", des Vorläufers der Vereinten Nationen, danach Bankier und Berater von US-Präsident Franklin D. Roosevelt.
1945 beauftragte ihn Frankreichs Staatspräsident Charles de Gaulle mit der Modernisierung der französischen Wirtschaft und machte ihn zum Chef des Amtes für wirtschaftliche Planung. Monnet setzte alles daran, dass zwischen Frankreich und Deutschland nie wieder Krieg ausbrechen kann. Als ersten konkreten Schritt schlug er vor, die Kohle- und Stahlproduktion der beiden Länder unter eine gemeinsame Verwaltung zu stellen. 1950 stellte er seinen Plan dem französischen Außenminister Robert Schuman vor, der ihn in die Tat umsetzte.
Monnet wurde erster Präsident der „Hohen Behörde" (heutige EU-Kommission) der „Europäischen Gemeinschaft für Kohle und Stahl" (1952 bis 1955) und gründete später ein „Aktionskomitee für die Vereinigten Staaten von Europa". Er starb 1979 auf seinem Landsitz bei Paris.
Der 9. Mai, der Tag der Schuman-Erklärung aus dem Jahr 1950, gilt als Geburtsstunde der Union und wird alljährlich in allen EU-Mitgliedsländern als „Europa-Tag" gefeiert.

Jean Monnet

4.2 Vom Grundstoff-Pool zum Gemeinsamen Markt – eine wirtschaftliche Erfolgs-Story

Mit der „Schuman-Erklärung" vom 9. Mai 1950 wurde der Grundstein für die „Europäische Gemeinschaft für Kohle und Stahl" (EGKS), die auch „Montanunion" genannt wurde, gelegt. Ein Jahr später gründeten sechs Staaten – Frankreich, Deutschland, Belgien, Niederlande, Luxemburg und Italien – gemeinsame Einrich-

Konrad Adenauer: „Ich bin der festen Überzeugung, dass, wenn dieser Anfang gemacht worden ist, wenn hier sechs europäische Länder, wie ich nochmals betone, freiwillig und ohne Zwang, einen Teil ihrer Souveränität auf ein übergeordnetes Organ übertragen, man dann auf anderen Gebieten diesem Vorgang folgen wird. Und dass damit der Nationalismus, der Krebsschaden Europas, einen tödlichen Stoß bekommen wird." (1955, Rede im Deutschen Bundestag)

tungen und Regeln für die wirtschaftliche Zusammenarbeit. Kohle und Stahl sollten der europäischen Industrie in ausreichender Menge und zu günstigen Preisen zur Verfügung stehen. In Luxemburg wurde die unabhängige „Hohe Behörde" eingerichtet, deren Entscheidungen für die sechs Mitgliedsländer bindend waren.

In der Einleitung des EGKS-Vertrags wurde die Vision der europäischen Gründerväter so zusammengefasst: Die wirtschaftliche Zusammenarbeit werde „Grundstein für eine weitere und vertiefte Gemeinschaft unter Völkern" sein. Damit werde Europa auch zur Sicherung des Weltfriedens entscheidend beitragen. Politiker wie der deutsche Bundeskanzler Konrad Adenauer, Italiens Außenminister Alcide de Gasperi oder Belgiens Außenminister Paul-Henri Spaak trugen dazu bei, dieses Konzept in die Tat umzusetzen.

Der Rückschlag erfolgte schon 1954: Die geplante „Europäische Verteidigungsgemeinschaft" (EVG) kam nicht zustande, vor allem weil Frankreich im militärischen Bereich weiter alleine entscheiden wollte.

Die Kooperation wurde aber auf andere Bereiche ausgedehnt. Am 25. März 1957 unterzeichneten die sechs Länder in Rom die Verträge über eine „Europäische Wirtschaftsgemeinschaft" (EWG) und „Euratom". Die EWG sollte die wirtschaftliche Zusammenarbeit über Kohle und Stahl hinaus verstärken, Euratom die Kooperation im Bereich der Atomenergie vertiefen. Denn auf den Ausbau der Kernenergie wurden in den späten fünfziger Jahren große Hoffnungen gesetzt.

Unterzeichnung der Römischen Verträge

Gemeinsamer Markt. Im wirtschaftlichen Bereich standen die Schaffung eines gemeinsamen Marktes und der Abbau aller Barrieren, die den Warenaustausch unter den Mitgliedsländern behinderten, im Vordergrund. Zölle und mengenmäßige Beschränkungen wurden innerhalb der Sechsergemeinschaft abgeschafft. Einfuhrzölle gegenüber fremden Staaten wurden einheitlich festgesetzt und flossen ins gemeinsame Budget. Daraus wurde – mit etwa der Hälfte der Mittel – die gemeinsame Agrarpolitik finanziert. Sie hatte das Ziel, die ausreichende Versorgung mit Lebensmitteln sicherzustellen. Zur Förderung von ärmeren Regionen verteilte die Kommission Beihilfen. Erster Präsident der in Brüssel angesiedelten Kommission wurde der Deutsche Walter Hallstein.

In den sechziger Jahren brach eine erste schwere Krise 1965 aus, als Frankreichs Staatspräsident Charles de Gaulle die Einführung von Mehrheitsabstimmungen bekämpfte. Sieben Monate lang dauerte die sogenannte „Politik des leeren Stuhls": Frankreich nahm einfach nicht mehr an gemeinsamen Sitzungen teil, wodurch Beschlüsse unmöglich wurden. Mühsam wurde ein Ausweg gefunden: Falls ein einzelnes Mitgliedsland in einer wichtigen nationalen Frage überstimmt zu werden droht, kann es neue Verhandlungen verlangen, bis eine Lösung, ein Kompromiss, gefunden wird.

In den siebziger Jahren verlor die Gemeinschaft an Dynamik. Die erste Ölkrise 1973 dämpfte das europäische Wachstum. Die EG verzettelte sich in der Verwaltung von landwirtschaftlichen Produkten, die wegen Überproduktion in immer größerem Ausmaß angekauft und in Kühlhäusern eingelagert werden mussten. Es entstand das Problem der „Butterberge" und vollen Lager mit Getreide und Rindfleisch.
1979 legten der deutsche Bundeskanzler Helmut Schmidt und Frankreichs Staatspräsident Valéry Giscard d'Estaing den Grundstein für das „Europäische Währungssystem" (EWS). Sie wollten die durch ständig schwankende Wechselkurse der einzelnen Währungen entstandenen Handelsbarrieren abschaffen. Denn für ein Unternehmen war wegen der labilen Wechselkurse nie ganz sicher, wie viel Geld es für seine in ein anderes Land gelieferten Waren in nationaler Währung bekommen würde.
Gleichzeitig sollte die Geldentwertung (Inflation) bekämpft werden. Neu eingeführt wurde die gemeinsame Währungseinheit „Ecu" (European Currency Unit) als Vorläufer des Euros. Die künstliche Recheneinheit sollte den Firmen im grenzüberschreitenden Handel eine bessere Vergleichsmöglichkeit geben.

In den achtziger Jahren sorgte der neue Kommissionspräsident Jacques Delors für einen Aufschwung der Europäischen Gemeinschaft durch das Projekt des grenzfreien „Binnenmarkts", der bis Ende 1992 erreicht sein sollte. Hauptziel war die Verwirklichung der „vier Grundfreiheiten": der freie Verkehr von Waren, Dienstleistungen, Kapital und Personen innerhalb der Mitgliedsstaaten. Doch einige Staaten wollten ausländische Konkurrenz weiter durch Beschränkungen vom eigenen Markt fernhalten. Die Kommission musste daher eine Vielzahl an Vorschriften (Richtlinien und Verordnungen) verabschieden, die ihr bis heute den Vorwurf der Regelungswut eintragen sollte. Dabei ermöglichte erst die Einführung von überall geltenden EU-Normen den freien Warenverkehr über Grenzen hinweg.
Auch Bürger sollten ohne Kontrollen an den inneren Grenzen reisen dürfen. 1986 beschlossen Deutschland, Frankreich und die Benelux-Länder (Belgien, Niederlande, Luxemburg) im Moselort Schengen das „Schengener Abkommen" zur Abschaffung der Grenzkontrollen für Personen.

4.3 Die Erweiterungsrunden: Von der Sechsergemeinschaft zur EU der 28

Das in den Gründungsverträgen 1957 verankerte Prinzip, wonach jedes demokratische europäische Land der Europäischen Wirtschaftsgemeinschaft beitreten könne, fassten bald andere Staaten als Einladung auf. Aber zunächst wurde 1960 auch ein Gegenmodell geschaffen: die „Europäische Freihandelsassoziation" EFTA (European Free Trade Association). Sie sah nur eine bloße Kooperation im Warenverkehr und den Abbau von Zöllen vor und kam ohne gemeinsame Institutionen, mit Ausnahme eines Sekretariats in Genf, aus. Sie wurde von Großbritannien, Norwegen, Schweden, Dänemark, der Schweiz, Österreich und Portugal gegründet, zu denen später auch Finnland, Island und Liechtenstein dazukamen.

Doch sehr rasch wollten einzelne EFTA-Staaten in die Europäische Wirtschaftsgemeinschaft wechseln: Großbritannien, Dänemark und auch das Nicht-EFTA-Mitglied Irland suchten schon ab 1961 in Brüssel um Mitgliedschaft an, wurden aber erst 1973 aufgenommen. Frankreichs Staatspräsident de Gaulle hatte mehrfach seinen Widerstand (Veto) gegen den Beitritt des Vereinigten Königreichs eingelegt. Norwegen hatte bis 1972 einen fertigen Beitrittsvertrag ausgehandelt, aber die Norweger/innen lehnten ihn in einer Volksabstimmung ab.

NATO-Land Norwegen. Norwegen lehnte den EU-Beitritt zweimal bei einer Volksabstimmung ab. 1972 mit 53,5 Prozent und 1994 mit 52,2 Prozent. Es ist mit der EU über den „Europäischen Wirtschaftsraum" (EWR) verbunden, übernimmt also ohne Mitsprache die meisten EU-Regelungen.

1981 trat auch Griechenland bei. Rein wirtschaftlich war das Land noch gar nicht reif für den Beitritt, aber nach der langen Militärherrschaft sollte die junge Demokratie gestärkt und in europäischen Institutionen verankert werden.

Als auch Spanien und Portugal nach dem Ende der autoritären Regime demokratisch wurden, traten diese beiden Staaten 1986 ebenfalls bei. Die Zwölfergemeinschaft war komplett.

Erweiterungsrunden

1957: Die Sechsergemeinschaft entsteht: Deutschland, Frankreich, Italien, Belgien, Niederlande und Luxemburg gründen die EWG.
1973: Dänemark, Großbritannien und Irland treten bei.
1981: Griechenland tritt bei.
1986: 2. Süderweiterung. Spanien und Portugal werden aufgenommen, die „Zwölfergemeinschaft" entsteht.
1995: Österreich, Schweden und Finnland treten bei.
2004: Osterweiterung. Estland, Lettland, Litauen, Polen, Tschechien, die Slowakei, Ungarn, Slowenien, Zypern und Malta erhöhen die Mitgliederzahl auf 25.
2007: Rumänien und Bulgarien folgen
2013: Kroatien tritt bei.

© European Community, 2005

1973 unterzeichnet Großbritannien den Beitrittsvertrag

Ende der achtziger Jahre überwand die EG ihre viel kritisierte Lähmung, die sogenannte „Europa-Sklerose", indem sie die Verwirklichung eines grenzfreien Binnenmarkts endlich wirklich anging. Waren, Personen, Geld (Kapital) und Dienstleistungen sollten unter den zwölf Mitgliedsländern frei und unbehindert ausgetauscht werden.

Aufbruch im Osten. Die EFTA-Länder, allen voran Österreich, erkannten rasch, dass sie an dem ehrgeizigen Projekt teilnehmen mussten, in welcher Form auch immer. Österreich preschte bereits im Juli 1989 mit einem offiziellen Beitrittsgesuch vor. In anderen EFTA-Ländern gab man sich vorerst mit dem Angebot des „Europäischen Wirtschaftsraums" (EWR) zufrieden. Doch nach dem Fall der Berliner Mauer in der Nacht zum 10. November 1989 und dem folgenden Zusammenbruch des Kommunismus im östlichen Teil Europas trafen bald neue Beitrittsanträge ein. In den Reformstaaten erhoffte man sich von der Aufnahme in die Europäische Gemeinschaft eine feste politische Ordnung (Stabilität) und wirtschaftlichen Aufschwung. Ihre militärische Sicherheit sahen die meisten ehemaligen Mitgliedsstaaten des „Warschauer Paktes" (Verteidigungsbündnis der Sowjetunion mit ihren kommunistisch regierten Partnerländern) besser in der NATO aufgehoben, der sie in zwei Erweiterungsrunden beitraten.

Die große Erweiterung. Ende 1998 wurden – unter österreichischem EU-Vorsitz – Beitrittsverhandlungen mit sechs Ländern, Estland, Polen, Tschechien, Ungarn, Slowenien und Zypern, aufgenommen. Zwei Jahre später kamen Lettland, Litauen, die Slowakei, Bulgarien, Rumänien und Malta hinzu.

Im Mai 2004 wurden zehn neue Mitgliedsländer gleichzeitig aufgenommen. Es war die größte Erweiterung in der Geschichte der heutigen EU. Nur Bulgarien und Rumänien folgten erst im Jänner 2007, da diese beiden Länder größere Rückstände bei den Reformen aufholen mussten, etwa im Justizwesen und bei der Bekämpfung von Korruption.

Die Erweiterung um 13 neue Staaten auf 28 Länder stellte die EU-Institutionen vor gewaltige Herausforderungen, nicht nur wegen der bis jetzt 24 Amtssprachen.

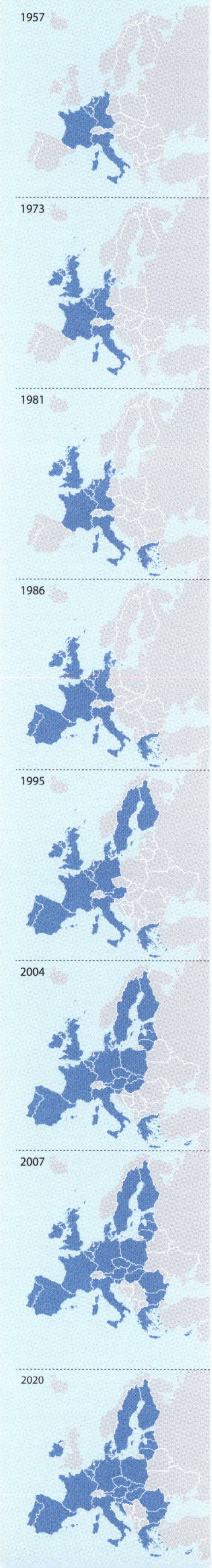

Auch im Ministerrat und im Europaparlament gestalten sich Verhandlungen eindeutig komplizierter. Wenn jeder der 27 Fachminister nur zwei Minuten spricht, vergeht schon fast eine Stunde.
Dennoch erscheint die Attraktivität der Europäischen Union für beitrittswillige Länder weiter ungebrochen. Für die Türkei, die schon seit 1963 über einen Sondervertrag (Assoziationsabkommen) an die Gemeinschaft gekoppelt war, wurde Ende 2004 grünes Licht für Beitrittsverhandlungen gegeben. Sie starteten im Oktober 2005, gemeinsam mit Kroatien. Der Beitrittsvertrag mit Kroatien wurde Ende 2011 unterzeichnet. Das Land trat am 1. Juli 2013 der EU bei.
Türkei im Warteraum. Mit der Türkei verliefen die Beitrittsverhandlungen überaus zäh. Den Hauptgrund stellte das ungelöste Problem mit dem türkischen Teil Zyperns dar. Aber einige EU-Länder warnten auch offen vor den Folgen der Aufnahme eines bevölkerungsreichen, aber ökonomisch noch immer rückständigen Landes. Österreichs und Frankreichs Regierung kündigte die Abhaltung einer Volksabstimmung über den Beitritt der Türkei an. Die deutsche Bundeskanzlerin Angela Merkel empfahl 2010 anstelle der Mitgliedschaft eine „privilegierte Partnerschaft". Mit der Flüchtlingskrise 2015, als zehntausende Bürger/innen aus Syrien, aber auch aus Afghanistan, dem Irak und nordafrikanischen Ländern aus der Türkei über die Ägäis auf griechischen Inseln ankamen und weiter nach Österreich, Deutschland und Schweden zogen, wurden Stimmen gegen einen EU-Beitritt der Türkei lauter. Zwar handelte die EU mit der Türkei einen Vertrag aus, wonach der Türkei finanzielle Hilfe für die Betreuung der aus Syrien stammenden Flüchtlinge zugesagt wurde. Aber die Beitrittsverhandlungen wurden auf Eis gelegt. Die Beziehungen verschlechterten sich nach dem gescheiterten Militärputsch vom 15. Juli 2016 und der Verhängung des Notstands mit einer Verhaftungswelle unter den Anhängern der islamistischen Gülen-Bewegung. Der zunehmend autoritäre Kurs von Staatspräsident Recep Tayyip Erdogan führte im November 2016 zu einem – rechtlich nicht verbindlichen – Beschluss des Europaparlaments, die Beitrittsverhandlungen mit der Türkei einzufrieren. Auch Österreichs Regierung sprach sich dafür aus, doch eine Mehrheit der EU-Länder wollte den Beitrittsprozess nicht total abbrechen.

Restliche Westbalkanländer nähern sich EU an. Am Balkan haben vier Länder den Status von Beitrittskandidaten: Albanien, Montenegro, Nord-Mazedonien und Serbien. Mit Montenegro und Serbien laufen seit 2012 bzw. 2014 offizielle Beitrittsverhandlungen. Als potenzielle Kandidaten gelten Bosnien/Herzegowina und der Kosovo, der sich 2008 als unabhängiger Staat erklärt hat, aber noch nicht von allen EU-Ländern anerkannt wurde. Die Staaten am Westbalkan müssen noch ihren wirtschaftlichen und rechtsstaatlichen Rückstand aufholen. Die EU stellt dafür auch finanzielle Mittel (sogenannte Vor-Beitrittshilfe) zur Verfügung.
Im Falle Mazedoniens bremste der Streit mit Griechenland über den Namen des früheren Teilstaates Jugoslawiens die Aufnahme von Beitrittsverhandlungen, aber auch die von Skopje (Hauptstadt Mazedoniens) beantragte Mitgliedschaft in

der Nato. Im Jänner 2019 wurde der Name „Republik Nord-Mazedonien" als Lösung im Streit festgelegt. Nach einem Veto gaben die EU-Europaminister im März 2020 grünes Licht für den Start von Beitrittsverhandlungen mit Albanien und Nord-Mazedonien. Bis Ende 2021 begannen aber die Verhandlungen mit beiden Staaten noch nicht. Gefordert wurden aber mehr Anstrengungen gegen die Korruption und im Kampf gegen die organisierte Kriminalität.
Für alle neuen Mitglieder wurden die Einhaltung der europäischen Werte und die Beachtung der Aufnahmefähigkeit der Europäischen Union – zusätzlich zu den Kopenhagener Kriterien (Demokratie, Marktwirtschaft, Achtung der Menschen- und Minderheitenrechte usw.) – vorgeschrieben.

Rückzug vom Beitrittsantrag. Island suchte unter dem Eindruck der negativen Folgen der Finanzkrise 2009 um Mitgliedschaft in der EU an. 2010 begannen Beitrittsverhandlungen, die 2015 mit der Rücknahme des Beitrittsantrags durch eine neue Mitte-Rechts-Regierung abgebrochen wurden.

4.4 Vertiefung: Der Weg zur gemeinsamen Währung und gemeinsamen Außenpolitik

Der Zusammenbruch des kommunistischen Systems, der mit dem Fall der Berliner Mauer am 9. November 1989 seinen Höhepunkt fand, stellte auch die damals zwölf Staaten der Gemeinschaft vor neue Herausforderungen. Ihr Modell der Zusammenarbeit wurde zum Symbol für Demokratie und wirtschaftlichen Aufschwung. Sie zog daher viele Länder an, die eben erst mit viel Begeisterung die Demokratie und – in den baltischen Staaten und Ex-Jugoslawien bzw. der Slowakei – auch die Eigenstaatlichkeit eingeführt hatten.
Nach der Wiedervereinigung Deutschlands am 3. Oktober 1990 drängten viele Länder des frei und demokratisch gewordenen Teils von Europa auf Mitgliedschaft in der EU.

Fall der Berliner Mauer

Dazu kam, dass die EU selbst noch reifen musste. Sie war bisher vor allem eine Wirtschaftsgemeinschaft, nun sollte sie auch eine politische Gemeinschaft werden – mit gemeinsamen Zielen und Werten. Zwei Ziele wurden nun angegangen: Die

Riese und Wurm. Der belgische Außenminister Mark Eyskens brachte das Dilemma 1990 auf den Punkt: „Die EG ist ein wirtschaftlicher Riese, ein außenpolitischer Zwerg und ein militärischer Wurm."

„Politische Union" und die schon 1969 beschlossene, aber nur ansatzweise verwirklichte „Wirtschafts- und Währungsunion". Das erste Ziel sollte dazu führen, dass die EU künftig international mit einer Stimme spricht und in der Außenpolitik gemeinsame Aktionen setzt. Das andere war das Projekt einer gemeinsamen starken Währung, die Europa weltweit als geeinte Wirtschaftsmacht ausweisen sollte.
Machtlos gegen Kriege vor der Haustür. Die Kriege, die ab 1991 im ehemaligen Jugoslawien ausgebrochen waren, ließen viele europäische Regierungen aufwachen. Es wurde deutlich, dass die Gemeinschaft mittlerweile zwar eine gute wirtschaftliche Grundlage für Frieden in den eigenen Reihen geschaffen hatte. Aber sie verfügte über kein Instrument, um internationale Konflikte zu lösen. Obwohl sie sich auch in Europa neuen Gefahren (Krieg im Kosovo, Konflikt in der Ukraine) stellen musste, konnte sie nichts dagegen tun und blieb oft auf den Einsatz der USA angewiesen.

Die blutigen Kämpfe im ehemaligen Jugoslawien hätten vielleicht verhindert werden können, wenn die Europäische Union rechtzeitig friedensstiftend eingegriffen hätte. Doch dafür gab es noch keine Mittel. Es gab keine ausreichende Kooperation in der Außen- und Sicherheitspolitik der Mitgliedsstaaten.

Mehr Kontrolle für den Euro-Raum. Auch in der Währungspolitik wurde die Zusammenarbeit verstärkt. Einseitige Abwertungen oder Aufwertungen der Währungen sollten nur noch innerhalb enger Bandbreiten möglich sein. Jedes EU-Land stimmte auch der Überwachung seiner Budgetpolitik zu, damit niemand durch zu hohe Schulde die Geldentwertung beschleunigt.

Seitdem gab es zahlreiche Bemühungen, eine gemeinsame Außen- und Sicherheitspolitik aufzubauen. Die Mitgliedsstaaten wollten Krisen wie Bürgerkriege in der Nachbarschaft oder Naturkatastrophen in Zukunft selbst bewältigen. Dazu soll auch die Schaffung einer europäischen militärischen Eingreiftruppe dienen.

Viele Namen bis zur EU

Was heute „Europäische Union" mit der Abkürzung EU zum weltweit bekannten Begriff wurde, hieß nicht immer so.

- Es begann mit der „Europäischen Gemeinschaft für Kohle und Stahl" (EGKS), die 1951 von sechs Staaten (Belgien, Deutschland, Frankreich, Italien, Luxemburg und den Niederlanden) gegründet wurde und die Rohstoff-Industrie unter eine gemeinsame Verwaltung stellte. Sie wurde auch „Montanunion" genannt.
- 1957 kamen mit den „Römischen Verträgen" die „Europäische Wirtschaftsgemeinschaft" (EWG) und die „Europäische Atomgemeinschaft" (EURATOM) hinzu. Alle drei Organisationen wurden später „Europäische Gemeinschaft" (EG) genannt und hatten getrennte Verträge.
- Als die EG-Mitgliedsstaaten mit dem Vertrag von Maastricht 1992 neue Bereiche wie Bildung, Gesundheitswesen, aber auch Außen- und Sicherheitspolitik und die Kooperation der Polizei und Justizorgane gemeinschaftlich regelten, wurde die Europäische Union (EU) geschaffen.

Die Geburt der „Europäischen Union" in Maastricht

Im Februar 1992 unterzeichneten die Staats- und Regierungschefs der EG-Länder im niederländischen Maastricht den neuen Vertrag, der aus der Europäischen Gemeinschaft eine „Europäische Union" machen sollte. Damals änderte sich auch das Kürzel von EG in EU.

Die wichtigsten Eckpfeiler des Vertrags von Maastricht:

- Die EU sollte bis spätestens 1999 eine **Währungsunion** mit einer gemeinsamen Währung verwirklichen.
- Erstmals wurde – neben der jeweiligen Staatsbürgerschaft – eine **„Unionsbürgerschaft"** eingerichtet. Diese sollte EU-Bürgern erlauben, in jedem EU-Land einen Wohnsitz zu gründen, und erstmals auch die Teilnahme an Wahlen in Gemeinden und Bezirken des Wohnsitzlandes ermöglichen.
- Als neue Richtschnur wurde das sogenannte „Subsidiaritätsprinzip" eingeführt: Entscheidungen sollten möglichst **nahe beim Bürger** getroffen werden. Die EU sollte nur noch in jenen Bereichen tätig werden, in denen sie ein Ziel besser verwirklichen kann als ein Mitgliedsland allein. Vor allem grenzüberschreitende Probleme wie Umweltverschmutzung, Terrorismus oder organisierte Verbrecherbanden können nur gemeinsam wirksam bekämpft werden.
- Das **Europäische Parlament** erhielt deutlich mehr Rechte bei Beschlüssen über neue Rechtsakte. Für den Fall, dass sich Ministerrat und Europäisches Parlament nicht auf eine gemeinsame Regelung einigen können, muss ein gemeinsamer Ausschuss einen Ausweg durch einen Kompromiss suchen. Gelingt dies nicht, ist das neue europäische Gesetz gescheitert.

Drei Pfeiler

Die neue EU bestand aus drei Pfeilern:

1. der überwiegend wirtschaftlichen Zusammenarbeit mit gemeinschaftlichen Organen und Entscheidungsverfahren,
2. der Außen- und Sicherheitspolitik, die vorerst nur aus bloßer Abstimmung der nationalen Standpunkte bestand, und
3. der Kooperation in den Bereichen Inneres und Justiz.

Einen Rückschlag erlebte die EU bei der Ratifizierung des Maastricht-Vertrags: Bei der Volksabstimmung in Dänemark lehnte eine Mehrheit der Dänen diesen ab. In der Folge wurde für Dänemark eine Reihe von Sonderregelungen („Opting-out"-Klauseln) eingeführt. So brauchen die Dänen weder an der Unionsbürgerschaft noch an der geplanten gemeinsamen Verteidigungspolitik oder dem Euro teilzunehmen. Bei einem zweiten Referendum stimmte eine knappe Mehrheit für den Maastricht-Vertrag, der dann Ende 1993 in Kraft trat.

EU-Abstimmungen. In der EU erfolgen Abstimmungen mit Mehrheit nach dem Prinzip der „qualifizierten Mehrheit“: 55 % der EU-Länder – also 16 von 27 Ländern – stimmen zu; diese Länder müssen gleichzeitig mindestens 65 % der Gesamtbevölkerung der Union vertreten.

4.5 Von Maastricht bis Nizza: Politische Union mit Hürden

Doch den EU-Politikern war klar, dass eine weitere Reform der Gemeinschaft angepackt werden musste, damit die Union den neuen Herausforderungen im globalen Umfeld gewachsen sein konnte. Ab 1996 wurde in zwei Regierungskonferenzen an einer neuerlichen Reform gearbeitet, die dann in den „Vertrag von Amsterdam“ mündete.

1998 erfolgte unter österreichischem EU-Vorsitz der Startschuss für Beitrittsverhandlungen mit fünf mittel- und osteuropäischen Staaten sowie mit Zypern. Dazu mussten zuerst die EU-Institutionen und das Entscheidungsverfahren an die vergrößerte Union angepasst werden. Es ging nicht nur um die künftige Aufteilung der Macht in den Entscheidungsgremien (Rat und Parlament). Es musste auch bei einer so großen Gemeinschaft ermöglicht werden, dass gemeinsame Entscheidungen überhaupt zustande kommen. Damit nicht künftig ein einziges Mitglied einen notwendigen gemeinsamen Beschluss verhindern kann, wurden auch bei wichtigen Politikfeldern Mehrheitsabstimmungen eingeführt. Das heißt, es sollte für einen Beschluss nicht mehr die Zustimmung aller Mitgliedsstaaten notwendig sein. Es soll eine große Zahl von Ländern ausreichen, dies nannte man „qualifizierte Mehrheit“.

Einstimmig zu beschließen waren hauptsächlich nur noch gemeinsame Aktionen in der Außenpolitik, in der Asyl- und Einwanderungspolitik und in der Steuerpolitik. Darüber hinaus natürlich auch so wichtige Fragen wie die Aufnahme neuer Mitgliedsstaaten. Im Dezember 2000 war es beim Gipfeltreffen in Nizza so weit: Der „Vertrag von Nizza“ wurde beschlossen. Er legte auch die Stimmengewichtung im Rat und die Zahl der Abgeordneten im Europäischen Parlament für die Erweiterung auf bis zu 27 Staaten fest.

Weiters wurde eine „Charta der Grundrechte der Europäischen Union“ verabschiedet, die EU-Bürgern ein Mindestmaß an Rechten zusichert, vom Gleichheitsgrundsatz bis zur sozialen Grundsicherung. Doch rechtsverbindlich, also einklagbar, sollen diese Grundrechte erst nach Annahme des Reformvertrags von Lissabon werden.

Der Vertrag Österreichs wird gesiegelt

4.6 Reformvertrag statt Verfassung

Bald stellte sich heraus, dass auch der Vertrag von Nizza nur ein Zwischenschritt war. Denn die Union besaß noch immer keinen übersichtlichen Vertrag. Nach den vielen Änderungen gab es eher ein rechtliches Flickwerk, mit dem auch viele EU-Bürger nichts anzufangen wussten.

Die EU sollte deshalb eine richtige „Verfassung", wie sie jeder einzelne Staat hat, bekommen: Erstmals vereinbarten die Staats- und Regierungschefs der EU, dass dabei eine neue Methode angewendet werden sollte. Statt einer „Regierungskonferenz", bei der Diplomaten hinter verschlossenen Türen ohne Bürgerbeteiligung ein neues Vertragswerk ausarbeiten, sollte ein „Konvent" aus Abgesandten der Länder, der nationalen Parlamente, des Europaparlaments und der Europäischen Kommission eingesetzt werden.

Dieser Konvent legte 2003 einen Entwurf für eine „Europäische Verfassung" vor, die von den Regierungsvertretern überarbeitet wurde. Nach der Unterzeichnung des Vertrags im Oktober 2004 in Rom begann die Ratifizierung in den Mitgliedsländern. Doch in zwei EU-Gründerstaaten, in Frankreich und den Niederlanden, lehnte eine Mehrheit der Bevölkerung bei den Volksabstimmungen 2005 die Verfassung ab. Dabei standen unterschiedliche Motive mehr im Vordergrund als der eigentliche Vertrag: Kritik an der Politik der eigenen Regierung, Ängste wegen der EU-Erweiterung und ein genereller Unmut, die EU kümmere sich zu wenig um die Sorgen der Bürger. Das Lager der Verfassungsgegner wurde auch von jenen Personen gestärkt, die von der EU mehr Handlungen zur Schaffung von Arbeitsplätzen und zur Verteidigung des europäischen Sozialmodells forderten.

Europahymne.
Bei europäischen Festakten wird die „Ode an die Freude" aus Beethovens 9. Sinfonie intoniert, allerdings ohne Text. Eine eigene EU-Hymne wurde im 2009 in Kraft getretenen Reformvertrag von Lissabon nicht verankert, um nicht den Eindruck von „Vereinigten Staaten von Europa" zu machen.

Unter Österreichs EU-Vorsitz 2006 wurde der Weg zu einem neuen Vertrag freigemacht. Der Durchbruch erfolgte unter deutscher EU-Präsidentschaft, als sich im Juni 2007 die 27 Staats- und Regierungschefs auf die Ausarbeitung eines neuen Grundlagenvertrags, der die wesentlichen Elemente des Verfassungstextes enthalten sollte, einigten.

So wird die Beschlussfassung mit der „doppelten Mehrheit" (mindestens 55 Prozent der Mitgliedsstaaten, die mindestens 65 Prozent der Gesamtbevölkerung der EU stellen, müssen hinter einer neuen Regelung stehen) ab 2014 angewendet. Nicht im Reformvertrag enthalten sind die ursprünglich vorgesehenen Symbole wie Fahne und Hymne, um nicht den Eindruck eines entstehenden „Superstaates" zu vermitteln. Aus demselben Grund wird der Koordinator der gemeinsamen Außen- und Sicherheitspolitik nicht „EU-Außenminister" genannt. Die Befugnisse der einzelnen Staaten und Regionen wurden insoweit gestärkt, dass diese geplante EU-Gesetze ablehnen können, sollten dadurch ihre Kompetenzen unzulässig beschränkt werden. Großbritannien und Polen müssen die „Charta der Grundrechte" nicht in der nationalen Rechtssetzung anwenden. Sie bekamen auf eigenen Wunsch eine Ausnahmeregelung.

Nachdem über 19 EU-Staaten den Reformvertrag ratifiziert hatten, fand am 13. Juni 2008 in Irland die einzige Volksabstimmung über den Vertrag statt. Eine Mehrheit von über 53,4 Prozent der Teilnehmer lehnte diesen ab. Dabei spielten Ängste vor einem geringeren Einfluss Irlands in der erweiterten EU ebenso eine Rolle wie Sorgen über eine Abschwächung des Wirtschaftswachstums. Nachdem Irland ein Zusatzprotokoll, das seine Souveränität in der Steuer- und Verteidigungspolitik bestätigte, erhielt, sagten bei einer Abstimmung im Oktober 2009 67 Prozent der Iren Ja zum Lissabon-Vertrag.

Neue Krisen müssen überwunden werden. Die weltweite Finanz- und Wirtschaftskrise 2008/09 unterbrach den langen wirtschaftlichen Aufschwung der EU. Erschwerend wirkte sich auch die Schuldenkrise in mehreren Staaten in der Euro-Währungszone, angeführt von Griechenland, aus. Dass diese Länder jahrelang ihre Staatsbudgets durch zu viele Schulden überzogen haben, löste nun eine Vertrauenskrise unter den Gläubigern aus. Plötzlich konnten die verschuldeten Staaten auf den internationalen Kapitalmärkten ihre Schuldverschreibungen (Staatsanleihen) nur mehr mit erhöhten Zinsaufschlägen (im Fall Griechenlands bis zu 20 Prozent) verkaufen. Und Spekulanten nutzten die Notlage noch zusätzlich aus, indem sie Wetten auf den Staatsbankrott abschlossen.
Erschwerend kam hinzu, dass fast alle EU-Länder außer Schweden und Luxemburg nicht mehr die im Vertrag von Maastricht festgelegten Grenzen zu Gesamtschulden (60 Prozent des Bruttoinlandsprodukts) und der jährlichen Neuverschuldung (3 Prozent des BIP) einhalten konnten.
Jetzt traten auch die ökonomischen Ungleichgewichte zwischen den Euro-Staaten, die bei der Gründung des Euros unterschätzt wurden, offen zutage. Die gemeinsame Währung der Euro-Länder, die sich nach ihrer Gründung auch gegen den US-Dollar durchsetzen konnte, schlitterte in ihre bislang schwerste Krise.
Auch andere Länder wie Irland, Portugal und Spanien und später auch Italien gerieten in finanzielle Probleme. Ihnen wurde nun die sorglose Haushaltspolitik, bei der sie über Jahre hinweg zu hohe Schulden machten, zum Verhängnis. Die anderen finanziell besser dastehenden Länder der Euro-Zone setzten sich in der Folge für einen „Rettungsschirm" für tief verschuldete Euro-Länder ein. Diese konnten sich aus einem gemeinsamen Fonds und über Garantien um leistbare, marktübliche Zinsen neue Kredite besorgen und so dem drohenden Staatsbankrott entgehen. Als Bedingung für die Hilfe mussten sie aber einen strengen Finanzplan vorlegen, wie sie durch Einsparungen und Steuererhöhungen wieder zu einem ausgeglichenen Staatshaushalt kommen.
Auf mehreren Sondergipfeln beschlossen die Mitglieder der Euro-Gruppe laufend neue Hilfsmaßnahmen. So wurde 2010 die „Europäische Finanzstabilisierungsfazilität" (EFSF) eingerichtet – ein Unternehmen nach Luxemburger Recht, das finanzschwachen Euro-Ländern günstige Kredite oder eine längere Frist für die Rückzahlung von Staatsanleihen bietet. Der permanente „Europäische Stabilitäts-

mechanismus" (ESM), der anfangs über ein Geldvermögen von 500 Milliarden Euro verfügt, nahm im Herbst 2012 anstelle des EFSF seine Tätigkeit auf. Durch die hohe Summe sollten auch Spekulanten abgeschreckt werden. Vor allem südliche EU-Länder erhielten aus dem ESM Hilfskredite in Milliardenhöhe, mussten sich aber zu Reformen und zur Verringerung ihrer Haushaltsdefizite verpflichten.
Ende 2011 beschlossen alle EU-Staaten – mit Ausnahme von Großbritannien und Tschechien – einen „Fiskalpakt": Darin verpflichteten sich 25 EU-Regierungen zu einem Abbau der Schulden und zur Rückkehr zu einem ausgeglichenen Budget.

Friedensnobelpreis. Im Oktober 2012 erhielt die Europäische Union den Friedensnobelpreis verliehen. Damit wurde laut Nobel-Komitee die „wichtigste Errungenschaft" der EU ausgezeichnet: „Der erfolgreiche Kampf für Frieden und Versöhnung und für Demokratie und Menschenrechte; die stabilisierende Rolle der EU bei der Verwandlung Europas von einem Kontinent der Kriege zu einem des Friedens." Auch die Rolle der EU bei der Lösung des Nordirland-Konfliktes wurde hervorgehoben.

Ab 2016 beruhigte sich die wirtschaftliche Lage wieder. Die Finanzmärkte setzten erneut Vertrauen in die europäischen Staaten und ihre Haushalte. Endlich wurde wieder in die Wirtschaft investiert und es entstanden neue Arbeitsplätze. Lediglich Griechenland bereitete weiterhin Sorgen, da es sich nur langsam aus der Krise herausarbeitete.

Inhalte und Ziele des EU-Reformvertrags (auch „Vertrag von Lissabon" genannt)

- Statt des gescheiterten Verfassungsvertrags gibt es zwei Teile als Reform der bisherigen Verträge, den „Vertrag über die Europäische Union" und den „Vertrag über die Arbeitsweise der Union".
- Die EU wird handlungsfähiger: Neue Rechtsakte werden mit wenigen Ausnahmen (Außen- und Sicherheitspolitik, Inneres und Justiz, Steuern) mit Stimmenmehrheit vom Ministerrat und vom Europäischen Parlament beschlossen.
- Es gilt das „System der doppelten Mehrheit": Hinter jeder neuen Regelung müssen mindestens 55 Prozent der Mitgliedsländer und 65 Prozent der Gesamtbevölkerung stehen. Damit soll verhindert werden, dass größere Mitglieder durch kleinere überstimmt werden.
- Die EU wird bürgernäher: Die EU wird nach dem „Subsidiaritätsprinzip" nur in jenen Bereichen tätig, wo gemeinsames Vorgehen sinnvoller ist als ein Handeln eines einzelnen Staates. Ein Drittel der nationalen Parlamente kann gemeinsam Regelungsvorschläge der EU-Kommission blockieren und eine Neubehandlung durchsetzen. Die meisten Themen regeln EU und Mitgliedsstaaten gemeinsam. Neue gemeinsame Aufgabe wurde der Klimaschutz. Allein ist die EU verantwort-

Beistandsklausel. Für den Fall eines militärischen Angriffs auf ein EU-Mitgliedsland durch ein Drittland sichern sich im Lissabon-Vertrag alle gegenseitigen Beistand zu. Neutrale oder Länder ohne Mitgliedschaft in einem Militärbündnis wie Österreich, Schweden, Finnland oder Irland erhielten Sonderregeln, indem sie auch andere Formen des Beistands neben der militärischen Hilfe wählen dürfen.

lich für den Binnenmarkt, die Zollunion, die Handelspolitik und die Währungspolitik für Euro-Teilnehmer.

- Die Charta der Grundrechte wird rechtsverbindlich (außer vorläufig in Großbritannien und Polen). EU-BürgerInnen erhalten ein Klagsrecht bei Verletzung dieser Rechte.
- Solidarität: Die EU-Mitglieder sichern sich gegenseitig Beistand für den Fall eines militärischen Angriffs eines Drittstaates zu. Für neutrale Länder wie Österreich gibt es Sonderregeln, auch für Militäreinsätze im Ausland. Ebenso wird eine Hilfeleistung bei Naturkatastrophen und Notsituationen in der Energieversorgung vereinbart.
- Verstärkte Zusammenarbeit: Eine Gruppe aus mindestens neun Mitgliedsstaaten kann beschließen, in einem bestimmten Bereich mehr zu tun als die restlichen Länder.
- Neuordnung der Institutionen: Der Europäische Rat (Gipfeltreffen der Staats- und Regierungschefs) wird ein eigenes EU-Organ, das von einem auf 2,5 Jahre gewählten Präsidenten angeführt wird. Dieser bereitet die Gipfeltreffen vor, in Koordination mit den drei als Team den EU-Vorsitz führenden Ländern. Statt des geplanten „EU-Außenministers" sorgt ein „Hoher Vertreter der Union für Außen- und Sicherheitspolitik" für ein einheitliches Auftreten. Diese Person ist auch Vizepräsident/in der EU-Kommission.
- Der Präsident der EU-Kommission wird künftig vom Europäischen Parlament gewählt. Die bereits beschlossene Verkleinerung der EU-Kommission wurde wieder verworfen. Jedes Land entsendet vorläufig weiterhin je einen Kommissar, eine Kommissarin nach Brüssel.
- Ein neues Verfahren regelt den Austritt eines Landes aus der EU.

4.7 Brexit: Good-bye mit vielen Hürden

Großbritannien ist das erste EU-Land, das die Union wieder verlassen hat. Bei einer Volksabstimmung (Referendum) im Vereinigten Königreich stimmten am 23. Juni 2016 51,9 Prozent der Teilnehmer/innen für den Austritt Großbritanniens aus der EU. Das Ergebnis löste Schockwellen in der gesamten EU aus. Denn noch nie in der Geschichte der EU hat ein Mitgliedsland die Union wieder verlassen. In Großbritannien hatte der konservative Premierminister David Cameron 2013 eine Abstimmung über den Verbleib seines Landes in der EU für den Fall seines Wahlsiegs bei den Unterhaus-Wahlen 2015 versprochen. Er wollte damit auch die EU-Skeptiker in seiner Partei besänftigen. Schon bei den Europawahlen 2014 wurden die EU-Gegner in der britischen Unabhängigkeitspartei UKIP mit 27,5 Prozent der Stimmen die stärkste politische Kraft. Doch bei der Unterhauswahl 2015 waren die Konservativen wieder vorne. Cameron musste sein Wahlversprechen einlösen, wollte aber zuvor noch mit seinen EU-Partnern über Reformen verhandeln. Tatsächlich erreichte

Cameron einige Zugeständnisse in den Verhandlungen mit der EU. Dazu gehörten verringerte Sozialleistungen an neu zugewanderte Bürger/innen aus anderen EU-Ländern und Zusicherungen, dass Mitgliedsstaaten wie Großbritannien, die nicht am Euro teilnehmen, nicht benachteiligt werden dürften.
Darauf legte Cameron den Termin für das Referendum fest. Es setzte eine Kampagne ein, bei der vor allem von den Austrittsbefürwortern mit oft falschen Angaben Stimmung gemacht wurde. Dazu gehörte die unwahre Behauptung, die EU koste den Briten jede Woche 350 Millionen Pfund, die man besser ins Gesundheitssystem investieren sollte.
Die EU-Befürworter führten eine vergleichsweise langweilige Kampagne, bei der vor allem die Bedeutung des Binnenmarktes für die britische Wirtschaft betont wurde.
Prominente konservative Politiker wie der Londoner Bürgermeister Boris Johnson schlugen sich auf die Seite der Brexit-Befürworter. Auch in der Labour-Partei, die grundsätzlich, aber eher verhalten für den Verbleib in der EU eintrat, gab es zwei Lager. Die Fronten entzweiten auch Familien. Jüngere, urbane Schichten, dazu noch die Mehrheit der Schotten und Nordiren, wollten mehrheitlich in der EU bleiben. Landbewohner und Personen, die in Vierteln mit einem hohen Anteil von Zuwanderern – viele aus Osteuropa – lebten, waren für den Austritt. Auch die Bilder der Flüchtlingswelle aus dem Nahen Osten stärkten die EU-Gegner. Die meisten Umfrageinstitute hatten auf einen knappen Sieg der EU-Befürworter gesetzt. Doch am Ende siegte mit knappem Vorsprung das Brexit-Lager.

Knappes Ja für Austritt. Bei der Volksabstimmung am 23. Juni 2016 stimmten 51,9 Prozent der Teilnehmer/innen für den EU-Austritt ihres Landes, 48,1 Prozent für den Verbleib. Die Wahlbeteiligung betrug 72,2 Prozent. Vor allem viele junge Briten, die mehrheitlich für einen Verbleib in der EU eintraten, nahmen am Referendum nicht teil.

Nach dem Referendum trat Premier Cameron zurück, ebenso UKIP-Chef Nigel Farage, der aber weiter EU-Abgeordneter blieb. Die neue Premierministerin Theresa May holte auch EU-Skeptiker in ihr Kabinett, ihr Rivale Boris Johnson wurde Außenminister. Erst am 29. März 2017 unterzeichnete sie die offizielle Austrittserklärung nach Artikel 50 des EU-Vertrags. Damit begannen offizielle Austrittsverhandlungen, die nach zwei Jahren, also im März 2019 zu einem Ende der Mitgliedschaft führen sollen. Doch bei einer vorgezogenen Unterhauswahl im Juni 2017 verlor Mays Partei viele Stimmen, was ihre Verhandlungsposition mit den EU-Partnern schwächen sollte.

Boris Johnson und Ursula von der Leyen

Die Austrittserklärung nach Artikel 50 im Wortlaut:
(1) Jeder Mitgliedstaat kann im Einklang mit seinen verfassungsrechtlichen Vorschriften beschließen, aus der Union auszutreten.
(2) Ein Mitgliedstaat, der auszutreten beschließt, teilt dem Europäischen Rat seine Absicht mit. Auf der Grundlage der Leitlinien des Europäischen Rates handelt die Union mit diesem Staat ein Abkommen über die Einzelheiten des Austritts aus und schließt das Abkommen, wobei der Rahmen für die künftigen Beziehungen dieses Staates zur Union berücksichtigt wird. Das Abkommen wird nach Artikel 218 Absatz 3 des Vertrags über die Arbeitsweise der Europäischen Union ausgehandelt. Es wird vom Rat im Namen der Union geschlossen; der Rat beschließt mit qualifizierter Mehrheit nach Zustimmung des Europäischen Parlaments.
(3) Die Verträge finden auf den betroffenen Staat ab dem Tag des Inkrafttretens des Austrittsabkommens oder andernfalls zwei Jahre nach der in Absatz 2 genannten Mitteilung keine Anwendung mehr, es sei denn, der Europäische Rat beschließt im Einvernehmen mit dem betroffenen Mitgliedstaat einstimmig, diese Frist zu verlängern.
(4) Für die Zwecke der Absätze 2 und 3 nimmt das Mitglied des Europäischen Rates und des Rates, das den austretenden Mitgliedstaat vertritt, weder an den diesen Mitgliedstaat betreffenden Beratungen noch an der entsprechenden Beschlussfassung des Europäischen Rates oder des Rates teil. Die qualifizierte Mehrheit bestimmt sich nach Artikel 238 Absatz 3 Buchstabe b des Vertrags über die Arbeitsweise der Europäischen Union.
(5) Ein Staat, der aus der Union ausgetreten ist und erneut Mitglied werden möchte, muss dies nach dem Verfahren des Artikels 49 beantragen. (Die Austrittserklärung nach Artikel 50)

Die Austrittsbefürwörter setzten sich knapp durch

Beide Seiten betraten Neuland: May lehnte eine Teilnahme am EU-Binnenmarkt und damit auch die Beibehaltung der EU-Gesetzgebung ab. EU-Spitzenpolitiker betonten, dass ein Brexit-Beschluss Folgen haben müsse, schon um mögliche Nachahmer abzuhalten. EU-Verhandler wollten zuerst die finanziellen Konsequenzen klären – Großbritannien müsse Milliarden Euro – darunter auch Pensionen für britische EU-Beamte – bezahlen. Außerdem sollten zunächst die Rechte der rund drei

Millionen EU-Bürger, die in Großbritannien leben, geregelt werden. Am 14. 11. 2018 legten die EU-Kommission und die britische Regierung ein 585 Seiten starkes Abkommen vor. Ein Eckpunkt betraf Nordirland. Damit nicht eine neue Grenze mit der Republik Irland entsteht, wurde ein vorläufiges Zollabkommen vereinbart. Damit würden EU-Gesetze weiter in Nordirland gelten, was Brexit-Anhänger als unzulässigen Souveränitätsverlust ablehnten.
In der EU begann eine Debatte über den Ausfall der britischen Nettozahlungen von rund 14 Milliarden Euro im EU-Budget. Vor allem „Nettozahler" wie Österreich und die Niederlande schlossen vorerst höhere Beitragszahlungen aus und forderten Einsparungen. Doch wer soll dann für die Kosten neuer Aufgaben der EU – etwa beim Schutz der Außengrenze oder in der Außen- und Sicherheitspolitik – aufkommen?
Das britische Unterhaus beharrte darauf, über das Ergebnis der Austrittsverhandlungen abzustimmen. Am 15. Jänner 2019 lehnte eine breite Mehrheit der Abgeordneten das Abkommen ab.
EU-Experten wollten die Abhaltung eines neuen Referendums nicht ausschließen.

Der für März 2019 vorgesehene Austritt aus der EU wurde verschoben. Großbritannien musste an den Europawahlen Ende Mai teilnehmen. May trat am 24. Juli als Premierministerin zurück, nachdem der von ihr ausgehandelte Vertrag mit der EU vom Unterhaus mehrfach abgelehnt wurde. An ihrer Stelle trat der umstrittene Tory-Politiker und Brexit-Befürworter Boris Johnson, der mit der EU einen neuen Vertrag aushandeln wollte, was die 27 EU-Partner ablehnten. Johnson wollte vor allem die von May akzeptierte Lösung des Irland-Problems (sogenannter „Back-stop") ändern. Um keine neue Grenzkontrollen zwischen der Republik Irland und Nord-Irland einzuführen, solle Nord-Irland vorläufig Teil des Binnenmarktes bleiben.
Am 17. Oktober einigen sich die Unterhändler der EU und Großbritanniens auf das neue Brexit-Abkommen. Da das britische Unterhaus die Abstimmung über den Vertrag verschiebt, wird der Termin für den endgültigen Austritt aus der EU auf Ende Jänner 2020 verlegt.
Premierminister Boris Johnson ruft Neuwahlen aus: Am 12. Dezember siegen die Konservativen und erringen mit 365 von 650 Sitzen die absolute Mehrheit. Knapp vor Weihnachten sprechen sich 358 Abgeordnete für den Austrittsvertrag aus, 234 Abgeordnete – vorwiegend Labour-Politiker und Liberale – stimmen dagegen. Nachdem auch das Europaparlament Ende Jänner den Scheidungsvertrag akzeptiert, tritt Großbritannien am 31. Jänner 2020 als erstes EU-Land aus der Union aus. Bis Ende 2020 blieb das Vereinigte Königreich aber Teil des EU-Binnenmarktes. Dafür wurde ein neuer Handelsvertrag mit Großbritannien ausverhandelt. Er trat im April 2021 in Kraft. Probleme gibt es mit der Sonderlösung für Nordirland, das de facto weiter im Binnenmarkt verblieb. Das „Nordirland-Protokoll" sieht vor, dass zwischen der britischen Provinz Nordirland und dem EU-Mitglied Irland keine Zollkontrollen eingeführt werden. Stattdessen soll zwischen Großbritannien und Nordirland kontrolliert werden. De facto finden diese Kontrollen in den britischen Häfen statt.

Churchills Vision. „Es gibt ein Heilmittel, das innerhalb weniger Jahre ganz Europa oder den größeren Teil Europas […] so frei und glücklich machen würde, wie es die Schweiz heute ist. Dieses Mittel besteht in der Erneuerung der europäischen Familie oder doch eines möglichst großen Teils davon. Wir müssen ihr eine Ordnung geben, unter der sie in Frieden, Sicherheit und Freiheit leben kann. Wir müssen eine Art Vereinigte Staaten von Europa errichten." (Winston Churchill bei seiner Rede in Zürich am 19.9.1946)

Appell. „Als einziger Vegetarier werden wir es in der Welt der Fleischfresser verdammt schwer haben." Deutschlands Ex-Außenminister Sigmar Gabriel fordert auf der Münchener Sicherheitskonferenz im Februar 2018 mehr Investitionen der EU in den Verteidigungssektor.

Splendid Isolation

Großbritannien sicherte sich seit seinem Beitritt zur Europäischen Gemeinschaft im Jahr 1972 viele Ausnahmeregelungen. Dazu gehören:

- Das Vereinigte Königreich muss nicht am Euro teilnehmen und kann seine Währung, das Pfund, beibehalten.
- Das Land nimmt nicht am Schengen-System teil, behält also Grenzkontrollen bei.
- Es sicherte sich einen deutlichen Rabatt bei seinen Zahlungen an das EU-Budget.
- Das Königreich wendet auch die „Charta der sozialen Grundrechte" nicht an.

4.8 Ausblick

Wie soll es weitergehen? In der EU begann 2017 ein Nachdenken über Reformen. EU-Kommissionspräsident Jean-Claude Juncker legte fünf Optionen vor: Weiter wie bisher, Konzentration auf den Binnenmarkt, Europa der verschiedenen Geschwindigkeiten, bei denen nicht mehr alle Mitgliedsstaaten bestimmte Ziele verfolgen sollen, weniger Aufgaben, aber dafür besser umsetzen und – als letzte Option – die Vereinigten Staaten von Europa, mit einer tiefen Integration in allen Bereichen – von der gemeinsamen Verteidigung bis zum gemeinsamen Euro-Zonen-Budget.
Über eine gemeinsame Asyl- und Einwanderungspolitik begann eine heftige Debatte in der EU. Denn vor dem Hintergrund eines weiteren Zustroms von Menschen aus Nordafrika über das Mittelmeer sollen nun die Auslöser für die Wanderungsbewegungen in die EU-Politik einbezogen werden. Mit konkreter Hilfe für die wirtschaftliche Entwicklung der Länder der Sahel-Zone will die EU auswanderungswilligen Menschen eine Existenz in ihren Heimatländern ermöglichen.
Bei der Verteilung der bereits in der EU lebenden Asylwerber gab es in einigen EU-Ländern wie Ungarn, Polen, Tschechien und der Slowakei Widerstand gegen das sogenannte „Quotensystem". Doch Politiker aus Ländern, die viele Asylwerber aus dem Nahen Osten und Nordafrika aufgenommen haben, forderten Solidarität auch in dieser Frage. Schließlich erhalten die neu aufgenommenen EU-Mitgliedsländer vergleichsweise die meisten Fördermittel aus dem gemeinsamen Budget.
Die neue EU-Kommission unter Leitung von Ursula von der Leyen setzte eine Priorität beim Klimaschutz. Bis zum Jahr 2050 soll die EU „klimaneutral" werden, also kein Kohlendioxid mehr ausstoßen, das nicht auf natürliche Weise oder durch technische Vorrichtungen abgebaut werden kann.
Die EU beschloss 2021 zur Wiederbelebung der Wirtschaft den Aufbaufonds „NextGenerationEU" mit Darlehen und Zuschüssen im Umfang von 723,8 Mrd. € zur Unterstützung von Reformen und Investitionen der EU-Länder. Klimaschutz und Zukunftsthemen stehen dabei im Vordergrund.
Eine neue Herausforderung für die EU stellte der am 24. 2.2022 von Russland begonnene Angriffskrieg auf die Ukraine dar. Millionen Flüchtlinge strömten in EU-Länder. Die Preise für Energie (Strom, Gas, Benzin, Diesel) stiegen enorm. Die EU verhängte gegen Russlands Führung und Spitzenunternehmer scharfe Sanktionen.

Wissens-Check:

1 Was wird am 9. Mai in allen EU-Ländern gefeiert?

1. Das Ende des Zweiten Weltkriegs
2. Der Beitritt Großbritanniens
3. Die Erklärung Robert Schumans zur Gründung einer Gemeinschaft für Kohle und Stahl
4. Die Einführung des Euros

2 Welche gehört nicht zu den vier „Freiheiten" des Ende 1992 geschaffenen Binnenmarkts?

1. Freier Verkehr von Waren
2. Freier Verkehr von Kapital
3. Freier Verkehr von Dienstleistungen
4. EU-weite Einsätze für Polizeibeamte

3 Was umfasst das Schengener Abkommen?

1. Die gemeinsame Außen- und Sicherheitspolitik
2. Die Abschaffung der Grenzkontrollen an den Binnengrenzen
3. Den Handel mit Agrarprodukten
4. Die atomare Abrüstung

4 Die heutige „Europäische Union" wurde in ihrer Geschichte durch unterschiedliche Abkürzungen bezeichnet. Welche Abkürzung stammt nicht aus der Geschichte der EU?

1. OECD
2. EGKS
3. EWG
4. EG

5 Beim „System der doppelten Mehrheit" gelten welche Bestimmungen für Abstimmungen?

1. 35 Prozent der Mitgliedsstaaten und 85 Prozent der Gesamtbevölkerung
2. 55 Prozent der Mitgliedsstaaten und 65 Prozent der Gesamtbevölkerung
3. 75 Prozent der Mitgliedsstaaten und 45 Prozent der Gesamtbevölkerung
4. 85 Prozent der Mitgliedsstaaten und 35 Prozent der Gesamtbevölkerung

6 Welche Länder sind (potenzielle) Beitrittskandidaten zur EU (Stand 2018)?

1. Rumänien, Mazedonien, Montenegro, Serbien
2. Mazedonien, Montenegro, Serbien, Türkei, Albanien, Bosnien und Herzegowina sowie das Kosovo
3. Bulgarien, Slowenien, Kroatien, Montenegro, Serbien, Albanien
4. Albanien, Serbien, Kroatien, Montenegro, Bosnien und Herzegowina

Aufgabenstellung:

- Beschreiben Sie die historischen Umstände, die 1950 zur Gründung der „Europäischen Gemeinschaft für Kohle und Stahl" geführt haben.
- In welchen Etappen hat sich die Sechsergemeinschaft zur EU aus 28 Mitgliedsstaaten entwickelt? Wo liegen die Chancen und Risiken in der Aufnahme neuer Mitglieder wie der Türkei oder von Balkanländern?

Internet-Aufgabe:

Blättern Sie durch den Text des Lissabon-Vertrags. Durch welche Elemente wird die Bürgernähe gestärkt? Was bedeutet die „Doppelte Mehrheit"?
https://eur-lex.europa.eu/legal-content/DE/TXT/PDF/?uri=OJ:C:2007:306:FULL&from=DE

Debatte:

Die EU wurde als Friedensprojekt gegründet. Diskutieren sie mit mehreren Teilnehmern, ob die Gemeinschaft heute noch notwendig ist, um den Frieden in Europa abzusichern. Ist ein Krieg zwischen europäischen Staaten heute noch möglich? Welche neuen Herausforderungen gibt es für die EU heute, wenn Sie an Frieden und Sicherheit in der Welt denken?
Vorbereitungszeit: 10 Min.

Selbstkontrolle:

Ich …	+	+/–	–
… weiß, warum die Gemeinschaft für Kohle und Stahl gegründet wurde			
… kenne die Namen der wichtigsten Gründungsväter			
… weiß, warum der Euro eingeführt wurde			
… kenne mindestens drei Beitrittskandidaten			
… kenne die wichtigsten Inhalte des Lissabonvertrags			
… weiß, wie es zum Brexit gekommen ist			

5 Österreich und die Union

Lernziel Kapitel 5:
Sie sollen die wichtigsten Etappen von Österreichs Weg in die EU kennenlernen und eine Bilanz der Mitgliedschaft ziehen können.

5.1 EFTA statt EWG: Die politischen Hindernisse für eine Mitgliedschaft

Österreichs Weg in die Europäische Union war lange und führte erst über Umwege in die EU. Von Beginn an waren für Österreich enge Kontakte zur 1957 gegründeten Europäischen Wirtschaftsgemeinschaft (EWG), der Vorläuferin der heutigen EU, allein wegen der wirtschaftlichen Verflechtung von zentraler Bedeutung. Immerhin ging schon Ende der fünfziger Jahre rund die Hälfte der heimischen Warenlieferungen (Exporte) in die sechs EWG-Mitgliedsstaaten, vor allem nach Deutschland und Italien. Doch für das neutrale Österreich schien lange eine Vollmitgliedschaft undenkbar, vor allem wegen des Widerstands der Sowjetunion, die in der EWG ein politisches Anhängsel der US-dominierten NATO sah.
Österreich hatte sich im „Moskauer Memorandum" 1955 verpflichtet, die Neutralität nach Schweizer Muster einzuführen. Und die Schweiz hielt einen Beitritt zur EWG mit der Neutralität unvereinbar. Was für die Schweiz galt, sollte nach Ansicht der Führung in Moskau also auch für Österreich gelten.
Da ein EWG-Beitritt vorerst unerreichbar schien, wurde nach Alternativen gesucht. Ende 1958 begannen sieben Staaten – Großbritannien, die Schweiz, Norwegen, Portugal, Schweden, Dänemark und Österreich – Verhandlungen zur Bildung einer europäischen Freihandelszone, der EFTA (European Free Trade Association), die 1960 in Kraft trat. Die EFTA-Mitgliedschaft bedeutete aber weiterhin keinen Freihandel mit Österreichs wichtigsten Handelspartnern, vor allem Deutschland und Italien.
Die Sowjetunion wandte sich gegen jegliche Gespräche Österreichs mit den EWG-Staaten über eine Anbindung (Assoziierung) oder gar über einen Beitritt. Dennoch beschlossen die drei neutralen EFTA-Mitglieder Österreich, Schweden und die Schweiz, mit der EWG einen Assoziationsstatus zu verhandeln, um Benachteiligungen durch Zoll- und Handelsschranken zu beseitigen. Ein Assoziierungsvertrag mit der Gemeinschaft bringt keinen Beitritt, sondern nur eine enge wirtschaftliche Anbindung.

Neutralität. Lange galt die Neutralität als Widerspruch eines österreichischen Beitritts zur Europäischen Gemeinschaft (später Europäische Union). Im Bundesverfassungsgesetz zur Neutralität aus dem Jahr 1955 heißt es wörtlich:
(1) Zum Zwecke der dauernden Behauptung seiner Unabhängigkeit nach außen und zum Zwecke der Unverletzlichkeit seines Gebietes erklärt Österreich aus freien Stücken seine immerwährende Neutralität. Österreich wird diese mit allen ihm zu Gebote stehenden Mitteln aufrechterhalten und verteidigen.
(2) Österreich wird zur Sicherung dieser Zwecke in aller Zukunft keinen militärischen Bündnissen beitreten und die Errichtung militärischer Stützpunkte fremder Staaten auf seinem Gebiete nicht zulassen.

EWG und EFTA (Stand 1960)

Erst im März 1965 begannen konkrete Verhandlungen über eine neue Anbindung Österreichs an die Europäische Wirtschaftsgemeinschaft. Doch diese zogen sich in die Länge. So war Italien wegen der Sprengstoffanschläge einer Gruppe deutschsprachiger Südtiroler und wegen des internationalen Einsatzes Österreichs für eine Südtirol-Autonomie irritiert. Rom bot Wien nur einen verbesserten Handelsvertrag an. Erst im November 1970 wurden die Assoziierungsverhandlungen der EWG mit Österreich, Schweden und der Schweiz wieder aufgenommen. Diese führten 1972 zu einem Freihandelsabkommen der EWG-Staaten mit Österreich. Trotz der nun verbesserten wirtschaftlichen Zusammenarbeit blieb Österreich aber von der Gestaltung der gemeinsamen europäischen Politik weiterhin ausgeschlossen.

Österreichs Weg in die EU

- 1960: Österreich wird Mitglied der EFTA.
- 1972: Freihandelsabkommen zwischen EWG und EFTA.
- 1989: Österreich stellt den Antrag auf Beitritt zur EG.
- 1993: Die Beitrittsverhandlungen beginnen.

- Jänner 1994: Der EWR-Vertrag zwischen den EU- und EFTA-Ländern tritt in Kraft (siehe Kapitel 5.3).
- März 1994: Die Beitrittsverhandlungen werden abgeschlossen.
- Juni 1994: Zwei Drittel der Österreicher stimmen in einer Volksabstimmung für den Beitritt.
- Jänner 1995: Österreich tritt der Europäischen Union bei.

5.2 Assoziierung statt Beitritt

Österreichs Wirtschaft musste wegen der Nicht-Mitgliedschaft in der EWG zahlreiche Benachteiligungen hinnehmen. Dabei stellte die Europäische Gemeinschaft für Österreich den wichtigsten Handelspartner dar. Zwei Drittel der heimischen Warenexporte landeten Anfang der neunziger Jahre in EG-Ländern. Lediglich ein Zehntel der Lieferungen ging in die damaligen kommunistischen Länder Mittel- und Osteuropas. 8,6 Prozent der Waren wurden in andere Länder der Freihandelszone EFTA geliefert. Auch bei den Wareneinfuhren waren die Größenverhältnisse der Handelspartner ähnlich.

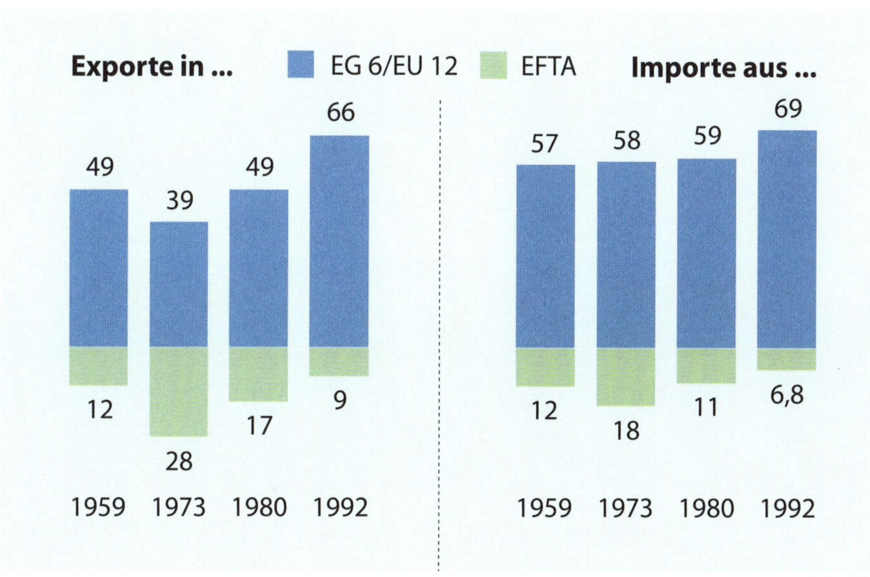

Österreichische Exporte und Importe 1959–1992 (in Prozent der gesamten Aus- und Einfuhren)

Für Österreichs Betriebe war es daher von größter Bedeutung, gegenüber Konkurrenten innerhalb der EG nicht ins Hintertreffen zu geraten. Durch das 1972 unterzeichnete Freihandelsabkommen war nur der freie Verkehr mit industriellen und gewerblich erzeugten Gütern gesichert. Bei den Agrarerzeugnissen wie Mehl, Fleisch oder Gemüse galten weiter Beschränkungen, ebenso bei den Dienstleistungen.

© European Community, 1972

Bruno Kreisky. Der langjährige Bundeskanzler Bruno Kreisky (SPÖ) stand wegen der Neutralität Österreichs einem Vollbeitritt zur EG skeptisch gegenüber. Er forcierte aber eine wirtschaftliche Annäherung an die Gemeinschaft. 1972 unterzeichnete er das Freihandelsabkommen mit der EG, um für heimische Unternehmen bessere Bedingungen zu schaffen.

Mit der Schaffung des Binnenmarkts aller Länder der Europäischen Gemeinschaft ab 1993 kam es zu noch gröberen Nachteilen für die heimischen Exportbetriebe. Während EG-Länder ohne jegliche Schranken ihre Waren in andere Gemeinschaftsländer liefern konnten, wurden österreichische Lieferungen nur mit bürokratischem Mehraufwand und aufwendigen Kontrollen an den Grenzen in die Partnerländer gebracht. Es wurden auch genaue Dokumente über die Herkunft von Produktionsbestandteilen verlangt (sogenannte Ursprungs-Zeugnisse).

Konkrete Nachteile

Ein niederländischer Importeur von Büromöbeln konnte im neu geschaffenen Binnenmarkt Waren direkt in Deutschland oder Italien bestellen und ohne Grenzaufenthalte oder Zolllager direkt geliefert bekommen. Die anfallende Mehrwertsteuer brauchte er erst später an sein Finanzamt zu bezahlen.
Wenn derselbe Importeur hingegen in Österreich bestellte, blieb es bei den alten Prozeduren: Zolldeklaration; Vorlage des Ursprungszeugnisses zum Nachweis, dass die Ware tatsächlich in Österreich hergestellt wurde; Bereitstellung von Frachtpapieren. Dann erst konnte die Abholung der Ware beim niederländischen Zollamt erfolgen. Die Mehrwertsteuer musste anders als beim Einkauf innerhalb der EU sofort bezahlt werden. Der Mehraufwand durch höhere Verwaltungskosten betrug bis zu 5 Prozent des Warenwertes und führte obendrein zu endlosen LKW-Kolonnen an Österreichs Grenzen zu Deutschland und Italien.

Durch all diese Benachteiligungen war Österreich Ende der achtziger Jahre zunehmend als Industriestandort bedroht: So wäre es ohne EU-Beitritt kaum zu umfangreichen ausländischen Investitionen – etwa in der Autozulieferindustrie – gekommen. Erst nach dem Beitritt haben sich Betriebe, die nun Waren nach ganz Europa und auch in andere Kontinente liefern, verstärkt in Österreich angesiedelt.
Freilich hatten manche heimische Unternehmen vor dem EU-Beitritt durch die fehlende Gleichstellung mit EU-Betrieben auch Vorteile. Bis zum EU-Beitritt war eine Reihe von österreichischen Branchen vor Konkurrenz aus dem Ausland weitgehend geschützt: Teile der Baustoffindustrie, staatliche Monopole wie Telekom, Tabak, Salz oder die Herstellung von Alkohol („Branntweinmonopol“) sowie Lebensmittel-Erzeuger. Und statt dass sich Betriebe aus ganz Europa um öffentliche Aufträge in Österreich bewerben konnten, kamen sehr oft regionale Anbieter zum Zug. Das hatte zwar Vorteile für die lokalen Arbeitnehmer, doch weil deren Preise oft höher waren, mussten die heimischen Steuerzahler dafür tiefer in die Tasche greifen.
Erst mit Inkrafttreten des Abkommens über einen „Europäischen Wirtschaftsraum“ (EWR) aus EU- und EFTA-Staaten 1994 und mit dem EU-Beitritt 1995 wurde der Markt für öffentliche Aufträge – das sind Aufträge des Bundes, der Länder oder Gemeinden – für Anbieter aus ganz Europa geöffnet. Bauaufträge ab einer Gesamtsumme von fünf Millionen Euro müssen seither EU-weit bzw. im gesamten

EWR ausgeschrieben werden, das heißt: Aus allen EWR-Ländern dürfen sich interessierte Firmen bewerben. Bei Lieferaufträgen gelten je nach Branche niedrigere Schwellenwerte zwischen 209.000 und 414.000 Euro (Stand 2018).
Der Wettbewerbsdruck hilft öffentlichen Stellen, günstiger einzukaufen oder billiger neue Einrichtungen in den Bereichen Verkehr, Energie, Gesundheit oder Bildung zu bauen. Umgekehrt haben auch heimische Betriebe die Möglichkeit, Aufträge in ganz Europa zu ergattern. So haben etwa heimische Baufirmen viele Aufträge in Deutschland, etwa bei Großbauten in Berlin, oder beim Bau neuer Autobahnen in Ländern wie Polen, Ungarn und Kroatien gewonnen.

Entwicklung der Wirtschaftskraft in den ersten 25 Jahren der EU-Mitgliedschaft
Österreichs BIP in Mio. Euro seit dem EU-Beitritt

1995	176.183
2000	213.196
2005	253.009
2010	294.627
2015	339.896
2020	379.321

(Quelle: WKO/Statistik Austria)

5.3 Politischer Kraftakt zum Beitrittsantrag 1989

Mitte der achtziger Jahre steckte die Europäische Gemeinschaft (sie hieß damals noch nicht EU, sondern EG) in einer ernsten Krise. Sie war zu sehr mit der Verwaltung von landwirtschaftlichen Überschuss-Produktionen und kleinlichem internen Streit beschäftigt. Der neue Präsident der EG-Kommission, der französische Sozialdemokrat Jacques Delors, wusste, dass ein neuer Motivationsschub notwendig war. Im Juni 1985 legte er einen Plan für die „Vollendung des Binnenmarkts" vor. Künftig sollte die Gemeinschaft in vielen Bereichen wie ein einzelner Nationalstaat funktionieren. So sollten Waren und Dienstleistungen überall angeboten werden können. Die Menschen sollten sich frei bewegen und überall arbeiten oder studieren können. All dies sollte bis Ende 1992 in allen zwölf Mitgliedsländern verwirklicht sein.

In Österreich forderten zunächst die Sozialpartner (Arbeitgeber- und Arbeitnehmervertreter) die Regierung auf, einen Beitrittsantrag zur EU zu stellen. Die Regierungskoalition aus SPÖ und ÖVP erkannte die Bedeutung des Binnenmarkt-Projekts. Unter dem Motto „globale Annäherung" sollte eine Teilnahme Österreichs am Markt der Europäischen Gemeinschaft gesichert werden, ohne dieser beizutreten. Im Oktober 1988 fuhr der damalige Außenminister Alois Mock nach Brüssel, um Österreichs Wünsche zu deponieren. Doch dort machte man ihm klar, dass eine Teilnahme am Binnenmarkt nur für Vollmitglieder möglich sei.
Österreichs Antwort erfolgte rasch: Erstmals wurde auch ein Beitritt als Alternative überlegt. Die Chancen standen gut, denn auch der neue, weltoffene Machthaber in Moskau, Michail Gorbatschow, hatte nun einen möglichen EG-Beitritt als freie Entscheidung Österreichs bezeichnet.

Argumente. EU-Befürworter und EU-Gegner brachten vor dem Beitritt unterschiedliche Positionen vor:
Gegner: Österreich verliert an Souveränität, weil künftig wichtige Entscheidungen in Brüssel fallen.
Befürworter: Österreich gewinnt Souveränität, weil die Regierung in Brüssel mitentscheiden kann.

Gegner: Viele Arbeitnehmer werden durch Konkurrenz aus der EU ihren Arbeitsplatz verlieren.
Befürworter: Die Teilnahme am EU-Binnenmarkt wird neue Arbeitsplätze schaffen. Insgesamt wird es für Österreicher mehr Beschäftigungsangebot geben.

Skepsis in Brüssel. Österreichs Beitrittsüberlegungen lösten in Brüssel Nervosität aus. Jacques Delors wusste, dass auch andere Staaten Österreichs Beispiel folgen würden. Schon 1987 hatten die Türkei und Marokko um Mitgliedschaft angesucht. Delors wollte sein Binnenmarkt-Projekt bis Ende 1992 ohne Störungen verwirklichen.

© European Union, 2014

Erwin Pröll. Der langjährige niederösterreichische Landeshauptmann war überzeugt, dass auch die Regionen von einem Beitritt profitieren: „Europa kann nur als Europa der Regionen überleben, also in der Vielfalt der Länder, mit einer starken Eigenentwicklung, einer selbstbewussten Identität ohne Nationalismus. Das Dach dieser Vielfalt ist Europa." (Quelle: Presse vom 5. Mai 1994)

Anfang Jänner 1989 schlug Jacques Delors vor dem Europaparlament in Straßburg daher den EFTA-Staaten eine „neue Form des Zusammenschlusses" mit „gemeinsamen Entscheidungs- und Verwaltungsorganen" vor, den „Europäischen Wirtschaftsraum" (EWR). Natürlich wollte er damit auch neue Beitrittsanträge verhindern bzw. aufschieben. Einige EFTA-Staaten, vor allem die Schweiz, jubelten über das Angebot, das einen Mittelweg zwischen Isolierung und Vollbeitritt verhieß. Österreichs Regierung hielt dagegen als einzige in der EFTA an der Beitrittsoption fest. Denn eine volle Teilnahme an der EG-Gesetzgebung war ausschließlich Vollmitgliedern vorbehalten. Allerdings waren sich die politischen Parteien teilweise intern noch nicht einig, ob ein Vollbeitritt wirklich anzustreben sei. So fürchteten etwa SPÖ-Politiker um die Auflösung der Neutralität. Doch letztlich setzten sich in beiden Regierungsparteien SPÖ und ÖVP die Befürworter eines EG-Beitritts durch. Der damalige österreichische Bundeskanzler Franz Vranitzky warb für die Vollmitgliedschaft mit einem Beispiel: „Es ist besser, drinnen am Tisch zu sitzen und an Entscheidungen mitzuwirken, als im Vorzimmer auf die Bekanntgabe der Resultate zu warten."

© Mathias Huter

Bundeskanzler Franz Vranitzky warb um den Beitritt

Ende Juni 1989 schlossen SPÖ und ÖVP eine Vereinbarung über einen gemeinsamen Kurs in der europäischen Integration. Beide Parteien kamen überein, dass in der österreichischen Wirtschaft Reformen unausweichlich waren. Das betraf auch den Abbau staatlicher Monopole. Die beiden Oppositionsparteien im Parlament, FPÖ und Grüne, wandten sich gegen den Beitrittsantrag. Die FPÖ, die lange Jahre für einen EG-Beitritt eingetreten war, wollte zuvor „Hausaufgaben" in Österreich erledigt wissen. Die Grünen glaubten, die EG besser von außen verändern zu können. Am 17. Juli 1989 überreichte Alois Mock in Brüssel dem amtierenden EG-Ratsvorsitzenden, dem französischen Außenminister Roland Dumas, das offizielle Beitrittsgesuch, in dem betont wurde, dass Österreich nur als neutrales Land EG-Mitglied werden könne.

Bundespressedienst / Hopi Media

Übergabe des Beitrittsantrags (Frankreichs Außenminister Roland Dumas mit Österreichs Außenminister Alois Mock)

Der Beitrittsantrag war kurzgefasst:
„Im Namen der Republik Österreich habe ich die Ehre, unter Bezugnahme auf Artikel 237 des Vertrags zur Gründung der Europäischen Wirtschaftsgemeinschaft den Antrag auf Mitgliedschaft Österreichs in der Europäischen Wirtschaftsgemeinschaft zu stellen. Österreich geht bei der Stellung seines Antrages von der Wahrung seines international anerkannten Status der immerwährenden Neutralität, die auf dem Bundesverfassungsgesetz vom 26. 10. 1955 beruht, sowie davon aus, dass es auch als Mitglied der Europäischen Gemeinschaften aufgrund des Beitrittsvertrags in der Lage sein wird, die ihm aus seinem Status als immerwährend neutraler Staat erfließenden rechtlichen Verpflichtungen zu erfüllen und seine Neutralitätspolitik als spezifischen Beitrag zur Aufrechterhaltung von Frieden und Sicherheit in Europa fortzusetzen."

Alois Mock. „Ich glaube, dass die EU uns die höchste Sicherheit bietet für Frieden und gegen Krieg. Diese Gemeinschaft ist Garant dafür, dass es in Europa nie mehr Krieg geben wird." (Quelle: zitate.eu/ Interview in der Kronenzeitung Nov. 2003)

Als am 9. November 1989 die Berliner Mauer zwischen Ost- und West-Berlin geöffnet wurde, endeten bald darauf auch die kommunistischen Regime in anderen mittel- und osteuropäischen Ländern. Es war das Ende des Eisernen Vorhangs, der Europa jahrzehntelang geteilt hatte. Andere neutrale Staaten folgten nunmehr Österreichs Beispiel und suchten um EG-Mitgliedschaft an: Schweden 1991, Finnland, Norwegen und die Schweiz 1992.

5.4 Warteraum EWR

Die Verhandlungen über den EWR dauerten vom Juni 1990 bis Mai 1992. 1991 hatten schon vier EFTA-Staaten – Österreich, Finnland, Norwegen und Schweden – um EG-Mitgliedschaft angesucht, die Schweiz folgte Ende Mai 1992. Jetzt war allen klar: Der EWR wurde von den teilnehmenden Ländern nur mehr als Vorstufe, als eine Art Trainingslager für den angepeilten Beitritt zur EG gesehen. Die Übernahme von über 1.300 einzelnen EG-Rechtsakten würde zudem spätere Beitrittsverhandlungen erleichtern. Auch im gegenseitigen Handel mit Waren wurden bereits die meisten Beschränkungen abgebaut.

Erasmus. Österreichische Studierende dürfen seit dem EWR-Beitritt Auslandssemester an einer europäischen Partneruniversität absolvieren. Von 1994 bis 2018 haben rund 100.000 Studentinnen und Studenten von dieser Möglichkeit profitiert. Auch Tausende Lehrlinge sammelten in einem der Partnerländer Ausbildungs- und Berufserfahrung.

Außerdem wurde den Österreichern im EWR das Recht zugesichert, sich überall in der EG und den EWR-Staaten niederzulassen und Arbeit anzunehmen. Auch Studenten sollten überall im EWR ein Studium absolvieren dürfen. Im Reiseverkehr blieb es aber bei den üblichen Grenzprozeduren samt stichprobenartigen Gepäckskontrollen, da die Einfuhr von Waren für den persönlichen Bedarf weiter streng limitiert blieb.
Als Preis für die Teilnahme am Binnenmarkt mussten die vergleichsweise reichen EFTA-Länder jährlich Geld für arme EU-Regionen bezahlen. Anders als der Binnenmarkt erfasste das EWR-Abkommen eine Reihe von Politikfeldern nicht: Ausgeklammert wurde etwa die Angleichung von Steuern und Zöllen, sodass es weiterhin aufwendige Grenzkontrollen im Warenverkehr gab. Auch die gemeinsame Agrarpolitik blieb ausgeschlossen, ebenso der freie Verkehr von Agrarerzeugnissen mit Ausnahme mancher veredelter Lebensmittel wie Käse, Fruchtsäfte oder Speck. Außerdem wurden die Währungspolitik sowie die Außen- und Sicherheitspolitik bis hin zur Kooperation in den Bereichen Innere Sicherheit und Justiz vom EWR-Abkommen nicht erfasst.

Wenig Mitsprache. Die Mitbestimmung der EFTA-Staaten blieb sehr beschränkt: Für die EFTA-Länder kam es zu einer Art Mitgliedschaft zweiter Klasse: EU-Institutionen wollten neue Regelungen ohne Mitsprache der EFTA beschließen. Aus den ursprünglich vorgesehenen, gemeinsamen Entscheidungsorganen wurde nichts. Es kam nur zu unverbindlichen Gesprächen über neue Gesetzesvorschläge.
Der nächste Rückschlag erfolgte im Dezember 1992, als die Schweizer den EWR-Vertrag bei einer Volksabstimmung ablehnten. Noch einmal musste nachverhandelt werden. Erst 1994 trat das EWR-Abkommen ohne die Schweiz in Kraft. Doch da verhandelten bereits vier EFTA-Länder über den Beitritt zur EU. Heute gibt es den EWR noch immer, aber nur mehr für Island, Norwegen und Liechtenstein. Die Schweiz schloss eigene bilaterale Verträge mit der EU, um am Binnenmarkt teilzunehmen. Die Schweiz trat auch dem Schengener Abkommen bei, sodass Ende 2008 auch die Kontrollen an den Schweizer Grenzen wegfielen. Die Schweiz bezahlte für Kosten der EU-Erweiterung, von der auch die Eidgenossenschaft wirtschaftlich profitiert, immerhin 600 Millionen Euro.

5.5 Die Beitrittsverhandlungen

Ende 1991 sahen auch die zwölf EG-Staats- und Regierungschefs ein, dass der angestrebte „Europäische Wirtschaftsraum" (EWR) kein Endziel für die beitrittswilligen Länder mehr darstellen konnte. Bei einem Gipfeltreffen in Maastricht befürworteten sie erstmals die Aufnahme von Beitrittsverhandlungen mit all jenen EFTA-Staaten, die dies wünschten. Erhoffter Nebeneffekt: Die im EU-Vergleich reicheren EFTA-Länder würden mehr Geld für die gemeinsamen Aufgaben einbringen. Auch

die Zahl der „Nettozahler", EU-Länder, die mehr ins gemeinsame Budget einzahlen, als sie von dort über diverse Förderungen kassieren, würde steigen.
Unter dänischem EU-Vorsitz starteten am 1. Februar 1993 die offiziellen Verhandlungen mit Österreich, Finnland, Norwegen und Schweden. Außenminister Alois Mock erklärte, dass sich Österreich voll zu den Zielen des neuen Unions-Vertrags bekenne. „Österreich ist sich bewusst, dass seine Sicherheit unauflösbar mit der von Europa verknüpft ist." Es liege vielmehr auch in Österreichs vitalem Sicherheitsinteresse, dass zur Abwehr und Bestrafung von Aggressionen wirksame Mechanismen eingeführt würden, betonte Mock in Anspielung auf den Krieg im früheren Jugoslawien. Österreichs Neutralität erwähnte er nicht mehr.
In insgesamt 29 Kapitel wurden die Verhandlungen aufgeteilt, wobei die ersten 16 Kapitel bereits fast zur Gänze oder zumindest teilweise vom EWR-Vertrag geregelt waren und daher rasch abgeschlossen werden konnten.
Mehr Zeit beanspruchten dagegen nationale Besonderheiten. Was für die nordischen Staaten die Beibehaltung des Alkoholmonopols, die Regeln zur Fischerei oder Förderungen für dünn besiedelte arktische Regionen darstellten, waren für Österreich der LKW-Transitverkehr, die Zweitwohnsitze, die Landwirtschaft, der Umweltbereich und die Sicherheitspolitik. Die letzten offenen Fragen wurden erst bei einem sogenannten „Jumbo-Ministerrat" ab 25. Februar 1994 in Brüssel gelöst, bei dem bis zum 1. März fast rund um die Uhr verhandelt wurde.

Der Verhandlungs-Krimi

Im 15. Stock des „Charlemagne"-Gebäudes in Brüssel findet Ende Februar 1994 ein nervenaufreibender Verhandlungsmarathon statt, der 70 Stunden dauern sollte. Oft scheint ein Durchbruch ebenso möglich wie ein Scheitern. Österreichs Delegation unter Leitung von Außenminister Alois Mock droht sogar einmal mit Abreise. Frankreichs Europaminister Alain Lamassoure will höchstens sechs Jahre Übergangsfrist für den Transitvertrag zugestehen. „Wir stehen vor einer Wand und können nicht vorwärts", meint er. Der bürgerliche Politiker befürchtet, dass Wähler entlang der ebenso belasteten Transitroute durch die französischen Alpen nicht verstehen würden, dass nur in Österreich der Schwerverkehr beschränkt werden darf. Als Österreichs Bundeskanzler Franz Vranitzky beim französischen Präsidenten François Mitterrand anruft, fühlt sich der Europaminister noch mehr unter Druck gesetzt und schaltet auf stur. Die Verhandlungen werden für kurze Zeit unterbrochen.
Der damalige Verkehrsminister Viktor Klima beharrt auf zehn Jahren Vertragszeit. Augenzeugen berichten von lautstarken Auseinandersetzungen. Denn auch in der Landwirtschaft spießt es sich gewaltig. Landwirtschaftsminister Franz Fischler will zunächst die höheren Agrarpreise in Österreich nur langsam auf das niedrigere EU-Niveau senken. Die EU-Verhandler sehen dieses Modell, das ja weiterhin Grenzkontrollen notwendig machen würde, als unvereinbar mit dem Binnenmarkt an. Sie bieten hohe Ausgleichszahlungen für österreichische Bauern, immerhin fast sieben

Das österreichische Verhandlungsteam:

© Thomas Steiner
Außenminister Alois Mock

© Gregor Tatschl
Finanzminister Ferdinand Lacina

© Herbert Ortner
Landwirtschaftsminister Franz Fischler

© SPÖ Presse
Verkehrsminister Viktor Klima

© Rudolf Simon
Europastaatssekretärin Brigitte Ederer

© Kremlin.ru
Wirtschaftsminister Wolfgang Schüssel

Milliarden Schilling (500 Millionen Euro) während vier Jahren. In der letzten Nacht stimmt Fischler schweren Herzens dem Angebot zu. Außenminister Mock erleidet in der Endphase der anstrengenden Verhandlungen einen Schwächeanfall. Finanzminister Ferdinand Lacina muss statt ihm weiterverhandeln. Der extra angereiste deutsche Außenminister Klaus Kinkel (FDP) versucht zu vermitteln. Mock erholt sich rasch und verhandelt weiter. Schließlich wird doch auch eine Einigung bei den restlichen Verhandlungspunkten, so auch zum Transitvertrag, möglich.
Die Einigung erfolgt erst nach Mitternacht am 1. März. Die österreichischen Verhandler haben alle Ringe unter den Augen, die Männer tragen Stoppelbärte. Mock spricht von einem „großen Ereignis und einer großen Anerkennung für unser Volk". In der Früh landet die Sondermaschine aus Brüssel in Wien-Schwechat, wo Bundeskanzler Franz Vranitzky, Vizekanzler Erhard Busek und ein Jugendkomitee die rotweißrote Delegation willkommen heißt. In Zeitungen werden die Verhandler als „Helden von Brüssel" gefeiert.

© P. Lehner

Heimkehr der Verhandler aus Brüssel

Austriazismen. 23 österreichische Bezeichnungen wurden im Beitrittsvertrag abgesichert. Topfen, Eierschwammerl und Faschiertes wurden z. B. als Produktbezeichnungen fixiert. Dadurch wurde verhindert, dass Bezeichnungen des weit größeren deutschen Lebensmittelmarkts wie Quark, Pfifferlinge und Hackfleisch die österreichischen Ausdrücke verdrängen.

Die Verhandlungsergebnisse

Verkehr: Hier musste der seit 1993 laufende Transitvertrag in seinen wesentlichen Punkten verteidigt werden. Das Ziel der Abgassenkung bei Transit-Lastwagen um 60 Prozent blieb aufrecht, ebenso die Gültigkeit für das gesamte Staatsgebiet und eine Obergrenze für Transitfahrten. Der Transitvertrag lief Ende 2003 aus. Eine Nachfolge-Regelung scheiterte. Die von der EU versprochene „dauerhafte Abgassenkung" konnte vorerst nicht erreicht werden. Österreich versprach einen Ausbau des Schienennetzes für den kombinierten Verkehr (Transport von LKW oder Containern per Bahn-Weiterfahrt mit LKW). Die EU-Kommission kündigte ein Umdenken beim Güterverkehr an. LKW-Spediteure sollten künftig für die Benützung der Autobahnen EU-weit eine Mautgebühr bezahlen, wobei auch Umweltschäden in die Berechnung einbezogen werden sollten. Für den geplanten Bau des Bahntunnels unter dem Brenner sicherten die EU-Kommission sowie Deutschland und Italien eine Beteiligung an den Planungs- und Errichtungskosten zu.
Landwirtschaft: Österreich senkt die Preise für Agrarprodukte sofort mit Beitritt

auf EU-Niveau. Die heimischen Bauern erhalten zum Ausgleich Prämien für die Dauer von vier Jahren. Bei Produkten wie Obst und Gemüse werden Sonderregeln vereinbart. Bergbauern dürfen weiterhin besonders hoch gefördert werden. Im ersten Jahr nach dem Beitritt stellt die EU heimischen Landwirten insgesamt eine Milliarde Euro an Förderungen zur Verfügung.

Umwelt: Österreich darf strengere Normen im Umweltbereich für die Dauer von vier Jahren beibehalten. Die EU sagt zu, bis dahin die eigenen Regelungen an das höhere Schutzniveau anzupassen. Hinsichtlich der Atomenergie darf Österreich weiterhin die Errichtung von Atomkraftwerken auf seinem Staatsgebiet untersagen.

Regionalförderung: Österreich erhält für die ersten fünf Jahre ab Beitritt für benachteiligte Regionen 22 Mrd. Schilling (1,6 Mrd. Euro) zugesichert. Das Burgenland darf als sogenanntes „Ziel-1-Gebiet" die höchsten Förderungen aus den EU-Geldtöpfen für strukturschwache Regionen kassieren, pro Jahr immerhin rund 35 Millionen Euro.

Zweitwohnsitze: Österreich darf die ersten fünf Jahre ab dem Beitritt seine Rechtsvorschriften für den Erwerb von Zweitwohnsitzen durch Nicht-Österreicher beibehalten. Anschließend sollte der Kauf solcher Immobilien nicht mehr an einen Hauptwohnsitz in Österreich gebunden werden.

Außen- und Sicherheitspolitik: Österreich verpflichtet sich, aktiv und in vollem Umfang am Ausbau einer gemeinsamen Außen- und Sicherheitspolitik mitzuwirken. Die Regierung in Wien hat zuvor eine enge Auslegung von Neutralität vorgenommen: Österreich dürfe nicht gezwungen werden, an Kriegen teilzunehmen, Militärbündnissen beizutreten oder die Stationierung fremder Truppen auf seinem Staatsgebiet zuzulassen. Später wird die österreichische Verfassung so weit abgeändert, dass eine Teilnahme an sicherheitspolitischen Aktionen der EU (sogenannte „Petersberg-Aufgaben") ermöglicht wird.

Die Volksabstimmung

Am 12. Juni 1994 fand die Volksabstimmung über den EU-Beitritt statt: Zwei Drittel der Österreicher stimmten für die Mitgliedschaft. In Schweden und Finnland lag einige Monate später die Zustimmung nur knapp über 50 Prozent. Eine Mehrheit der Norweger lehnte den EU-Beitritt ab. Die Angst, die alleinige Entscheidungsgewalt über Fischgründe und Erdölquellen zu verlieren, hatte das Lager der EU-Gegner gestärkt.

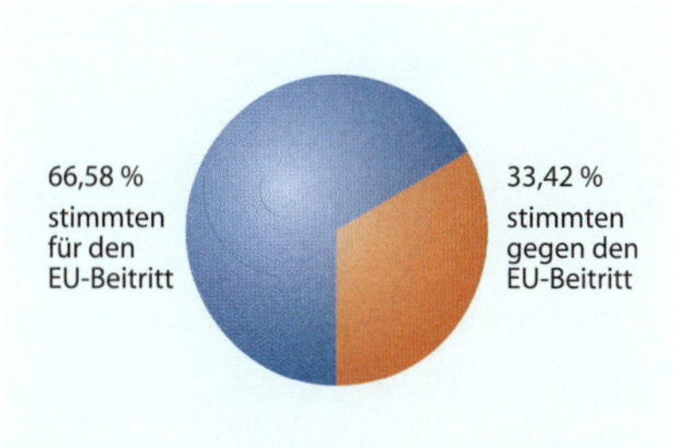

Ausgang der Volksabstimmung über den EU-Beitritt

Aus vier wurden drei. Österreich schloss seine Beitrittsverhandlungen 1994 gemeinsam mit Schweden, Finnland und Norwegen ab. Während sich die Österreicherinnen und Österreicher im Rahmen einer Volksabstimmung mit einer klaren Zweidrittel-Mehrheit für den Beitritt aussprachen, war die Zustimmung in den anderen drei Ländern nicht so klar. In Finnland ging die Abstimmung mit 56,9 Prozent für den Beitritt aus, in Schweden nur knapp mit 52,3 Prozent. Die Norwegerinnen und Norweger stimmten nur mit 47,8 Prozent für die Mitgliedschaft. Aus den vier Beitrittskandidaten wurden deshalb nur drei Mitgliedstaaten.

5.6 Österreich in der EU: Die heikle Eingewöhnungsphase

Nach dem Beitritt am 1. Jänner 1995 musste sich das neue Mitglied Österreich rasch in die europäischen Gremien und Entscheidungsprozesse einfügen. Als erster EU-Kommissar wurde Landwirtschaftsminister Franz Fischler nach Brüssel geschickt, der das wichtige Agrarressort erhielt und so für den größten Teil des gemeinschaftlichen Budgets verantwortlich wurde.
Und der Tiroler musste rasch Reformen anpacken: Wegen der Liberalisierung (Öffnung) des Welthandels im Rahmen der „Uruguay-Runde" sollten vor allem die hohen Beihilfen der EU für Agrarexporte abgebaut werden, da diese unter anderem für Bauern in der Dritten Welt unfaire Konkurrenz bedeuteten. Fischler erwarb sich in der neuen EU-Kommission unter Leitung des Luxemburgers Jacques Santer bald einen guten Ruf als überzeugter Europäer und geschickter Verhandler.

Franz Fischler

Daheim wurde Fischler aber oft für seine pro-europäische Haltung kritisiert. Er tue zu wenig für Österreich, kritisierte vor allem die FPÖ. Doch der spätere Präsident des Forum Alpbach forderte die Österreicher unbeirrt dazu auf, über die eigenen Grenzen hinaus zu denken und sich zur Durchsetzung von Anliegen Verbündete in der EU zu suchen.
Bundeskanzler Franz Vranitzky musste rasch erfahren, dass sein Projekt eines atomenergiefreien Mitteleuropas nicht nur Anhänger fand. Nachbarländer wie Tschechien, die Slowakei und Ungarn wollten auf die Nutzung der Kernenergie keinesfalls verzichten. Frankreich und Großbritannien sahen in den künftigen Beitrittsländern sogar ein Hoffnungsgebiet für ihre Atomindustrie.

Aus für Monopole. Der EU-Beitritt führte unter anderem auch zum Ende der Post-, Energie-, Tabak- und Telekom-Monopole. Davon profitierten Österreichs Konsumenten. Schrittweise wurden Waren und Dienstleistungen mehrerer Anbieter zugelassen.

Unternehmen nützen Chance

In Österreich nahm die Wirtschaft rasch die neue Herausforderung an. Zahlreiche Unternehmen wagten den Sprung über die Grenze und gründeten vor allem in den

Reformstaaten Tochterbetriebe. In heimischen Supermärkten wurde das Angebot bei Lebensmitteln reichhaltiger. Die Preise sanken bei Grundnahrungsmitteln nach dem Beitritt um rund 12 Prozent. Auch insgesamt nahm die Teuerungsrate Österreichs ab:

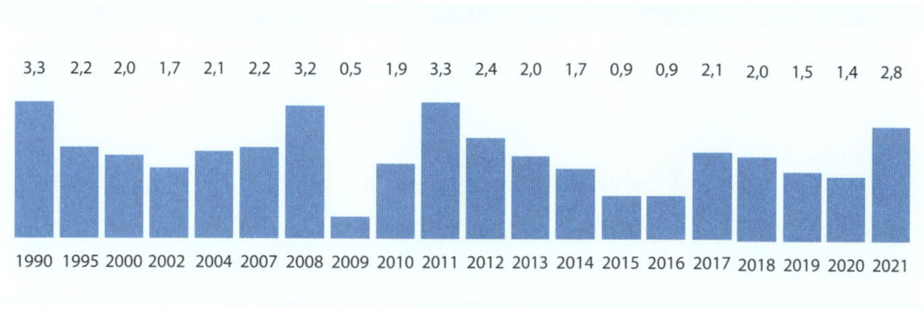

Teuerung in Österreich 1990–2021 (in Prozent)

Die oft befürchtete Überflutung mit ausländischen Produkten fand jedoch nicht statt, da die österreichischen Konsumenten in großem Ausmaß weiterhin heimische Erzeugnisse bevorzugten. Umgekehrt landeten deutlich mehr österreichische Lebensmittel in den Supermärkten anderer EU-Länder. Vor allem bei Fruchtsäften, Energy-Drinks bis hin zu Süßwaren, Wein und Tiroler Speck gelangen deutliche Zuwächse im Export. Allerdings waren viele österreichische Produkte ohne bekannte Markennamen dem freien EU-weiten Wettbewerb nicht gewachsen.

Der befürchtete Massenzuzug von billigeren Arbeitskräften – etwa Bauarbeitern aus Portugal – fand nicht statt. Für den Konsumenten wurde aber die Auswahl auch bei Dienstleistungen größer. Die Abschaffung von staatlichen Monopolen sorgte im Telekom-Bereich (Festnetz, Handy und Internet) für neue Anbieter und niedrigere Tarife. Auch im Banken- und Versicherungsbereich mussten sich heimische Unternehmen auf neue ausländische Konkurrenz einstellen. Es kam zu einer Reihe von Firmenfusionen. So kauften deutsche und italienische Banken österreichische Geldinstitute, aber auch heimische Banken nutzten neue Chancen im Osten und ließen sich vor allem in den Reformstaaten und am Balkan nieder.

Manche Gewohnheiten mussten geändert werden. So mussten die Österreicher auf die Tradition, Sparbücher ohne Namen anzulegen, verzichten. Wegen des Kampfes gegen die Geldwäsche durch kriminelle Organisationen wurde eine Identifizierung der Sparer eingeführt. 2002 wurde auch der Schilling vom Euro abgelöst.

Herausforderung für Lebensmittelbetriebe. Für Österreichs kleinstrukturierte Lebensmittelproduzenten war die Umstellung auf den EU-Binnenmarkt besonders schwer. Die Konkurrenz aus anderen Mitgliedstaaten brachte viele Betriebe unter Druck. Nach anfänglichen Schwierigkeiten konnte die Branche aber vom Beitritt profitieren. Schon in den ersten zehn Jahren konnten die Exporte um das Fünffache gesteigert werden.

Sonnentorgründer Johannes Gutmann (hier mit EU-Kommissar Hahn) exportiert seine Kräuter und Tees von Österreich aus in die Nachbarländer

Transit: LKW-Kolonnen durch Österreich

Das 1992 geschlossene Transitabkommen für den LKW-Verkehr wurde zu einem ständigen Zankapfel im Verhältnis Österreichs zur EU. Es begann schon damit, dass außer Österreich kein einziges EU-Land Interesse an dem aufwendigen und komplizierten „Öko-Punktesystem" hatte, das die Durchfahrt jedes einzelnen Lastwagens durch Österreich regelte. Am allerwenigsten Italien und Deutschland, die möglichst ohne Beschränkungen Güter über die Brennerstrecke von Norden nach Süden und umgekehrt transportieren wollten.
Bald kam es auch zu einer ersten Beanstandung der nach Meinung der EU-Kommission überhöhten Mauttarife auf der Brennerautobahn. Österreichs Verhandlungstaktik löste bei den EU-Partnern immer wieder Verstimmung aus. Für die Abgase wurden stets nur die EU-Lastwagen verantwortlich gemacht, aber selten die – weitaus zahlreicheren – einheimischen Fahrzeuge.

Der Verkehr über die Brennerstrecke nahm nach dem Auslaufen der Ökopunkteregelung deutlich zu. Allein über die Brenner-Autobahn rollten 2004 um 12 Prozent mehr Lkw: Inklusive Busse über 2 Millionen schwere Fahrzeuge. Wegen der höheren LKW-Maut in der Schweiz nahmen viele Fahrzeuge auch den Umweg über die Brennerroute in Kauf. Österreich setzte sich daraufhin in der EU für eine einheitliche „Wegekostenrichtlinie" ein, bei der in die Berechnung der Mauttarife auch die Kosten für Umwelt einberechnet werden sollten. Außerdem wurden die Abgasregeln für Lastkraftwagen in der gesamten EU verschärft. Obwohl mehr LKW durch Österreich rollten, war die Umweltbelastung nicht um das gleiche Maß höher, da nun vor allem umweltfreundliche Fahrzeuge eingesetzt wurden.

Die „Sanktionen" der EU-14 – eine diplomatische Krise

Die EU-Partner waren nach dem Ausgang der Nationalratswahlen in Österreich vom 3. Oktober 1999 beunruhigt. Die FPÖ unter Führung Jörg Haiders, die im Ausland mit antieuropäischen und ausländerfeindlichen Losungen in Verbindung gebracht worden war, wurde zweitstärkste Partei. Wolfgang Schüssels Volkspartei (ÖVP) ging als knapp drittstärkste Partei eine Regierungskoalition mit der FPÖ ein. Für viele EU-Staatsmänner kam dieser Schritt einem Tabubruch gleich. Denn in mehreren EU-Ländern wie etwa in Frankreich oder Belgien wurden rechtsextreme oder rechtspopulistische Parteien von der Regierungsverantwortung bewusst ferngehalten. Die FPÖ wurde in vielen EU-Hauptstädten ebenfalls als Partei dieser Kategorie gesehen.
Unter portugiesischem EU-Vorsitz beschlossen 14 EU-Regierungen Strafmaßnahmen: So wollten sie zur neuen österreichischen Regierung keine offiziellen Kontakte unterhalten und die Bewerbung von Österreichern für internationale Positionen nicht unterstützen. Österreichs Botschafter in den EU-Hauptstädten wurden nicht mehr von hochrangigen Politikern oder Spitzendiplomaten empfangen.
Es kam zu ersten Absagen von internationalen Kongressen in Österreich.

Die drei Weisen.
Die damals 14 EU-Partner entsandten im Jahr 2000 drei Weisen nach Österreich, um zu klären, ob die Regierung europäische Werte einhält. Der letztlich positive Bericht wurde vom finnischen Staatspräsidenten Martti Ahtisaari, dem deutschen Völkerrechtsprofessor Jochen Frowein und dem früheren spanischen EU-Kommissar Marcelino Oreja verfasst.

Belgiens Außenminister Louis Michel riet sogar von Skiurlauben in Österreich ab. Bis zum Sommer 2000 bemühten sich mehrere EU-Politiker um einen Ausweg aus den Sanktionen. Schließlich wurde ein „Weisenrat“ aus drei europäischen Experten mit dem Abfassen eines Berichts über Österreich beauftragt.

Die drei Weisen empfahlen die Aufhebung der Sanktionen, die „kontraproduktiv“ wirkten. Dies passierte auch – nach sieben Monaten – im September 2000. Die Beziehungen zur österreichischen Regierung wurden normalisiert. Doch es blieb ein Unbehagen zurück, das auch zur relativ großen EU-Skepsis unter den Österreichern beitragen sollte.

© OEGfE

Paul Schmidt zur EU-Stimmung. Der Generalsekretär der Österreichischen Gesellschaft für Europapolitik lässt regelmäßig die EU-Stimmung im Land untersuchen. „Die Österreicher stehen der EU ambivalent bis pragmatisch gegenüber. Vieles wird – oft auch zurecht – kritisiert. Man schätzt es trotzdem, Teil der europäischen Familie zu sein – insbesondere, wenn sich das internationale Umfeld als zunehmend instabil erweist.“

Stabile Mehrheit für die Mitgliedschaft

Seit der Volksabstimmung zum Beitritt im Jahr 1994 hat die EU-Stimmung in Österreich eine Berg- und Talfahrt erlebt. Insgesamt blieb allerdings eine klare Mehrheit für die Mitgliedschaft bestehen. Die Österreichische Gesellschaft für Europapolitik erhebt seit dem Beitritt die EU-Stimmung und zeigt auf, dass nie mehr als ein Drittel der Österreicherinnen und Österreich für einen Austritt waren. Nach der Brexit-Abstimmung in Großbritannien im Juni 2016 legte die EU-Stimmung in Österreich sogar zu.

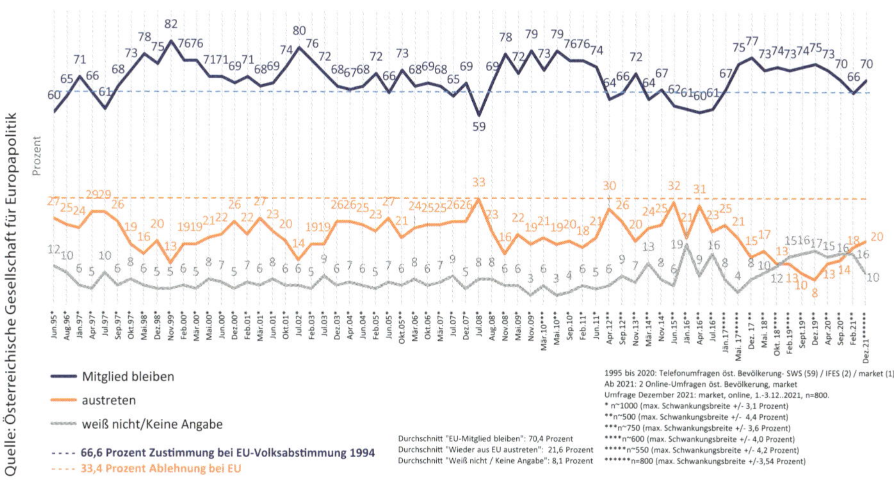

Sollte Österreich, Ihrer Meinung nach, Mitglied der EU bleiben oder wieder austreten?

Neue und alte Partner – die Chancen im Osten

Wer heute durch Städte wie Bratislava (Pressburg), Budapest oder Ljubljana (Laibach) spaziert, dem werden viele Firmenschilder im Straßenbild bekannt vorkommen. Es sind Filialen österreichischer Unternehmen, von Banken, Versicherungen bis zu Konsumartikeln und Supermärkten.

Kaum ein EU-Land hat vom politischen Umbruch in Mittel- und Osteuropa so profitiert wie Österreich. Und es war Österreichs Außenminister Alois Mock, der im Sommer 1989 – gemeinsam mit seinem ungarischen Amtskollegen Gyula Horn – den

Stacheldrahtzaun an der Grenze in einer symbolträchtigen Aktion durchschnitt.

© Hopi-Media

Mock und Horn durchschneiden 1989 den „Eisernen Vorhang"

Vor allem wirtschaftlich hat Österreich seine Chancen genützt: Die Ostöffnung bescherte allein in den ersten fünf Jahren nach dem Fall des Eisernen Vorhangs 1989 Österreich ein zusätzliches Wachstum der jährlichen Wirtschaftsleistung (Bruttoinlandsprodukt) um 2,4 Prozent. Die Exporte Österreichs in die Reformländer haben sich innerhalb weniger Jahre verdreifacht, die Importe verdoppelt. Mit einem Bevölkerungsanteil von nur 2 Prozent an der EU aus 15 Mitgliedsstaaten wickelte Österreich über 8 Prozent des gesamten EU-Osthandels ab.

Investitionen. Österreich ist heute in Slowenien, Kroatien, Bosnien-Herzegowina und Mazedonien der wichtigste Investor. Mit Hilfe österreichischer Partner wurden in den EU-Partnerländern und Beitrittskandidaten zahlreiche Betriebe aufgebaut und Arbeitsplätze geschaffen. In der Slowakei, Tschechien, Serbien und Bulgarien ist Österreich der zweitstärkste Investor. (Quelle: WKO)

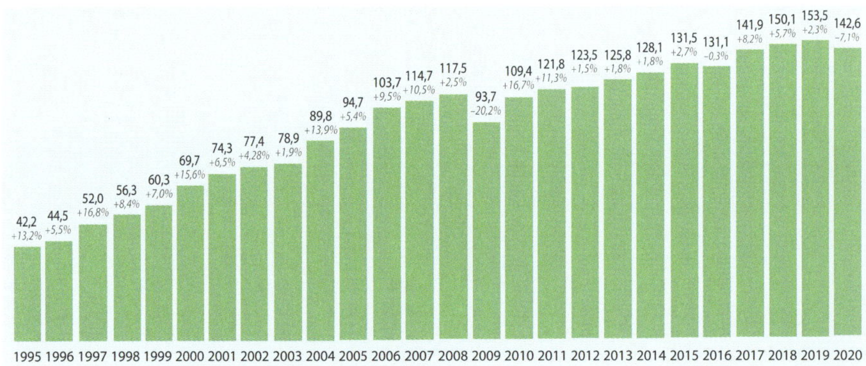

Österreichs Exporte in Mrd. Euro (Veränderung zum Vorjahr)

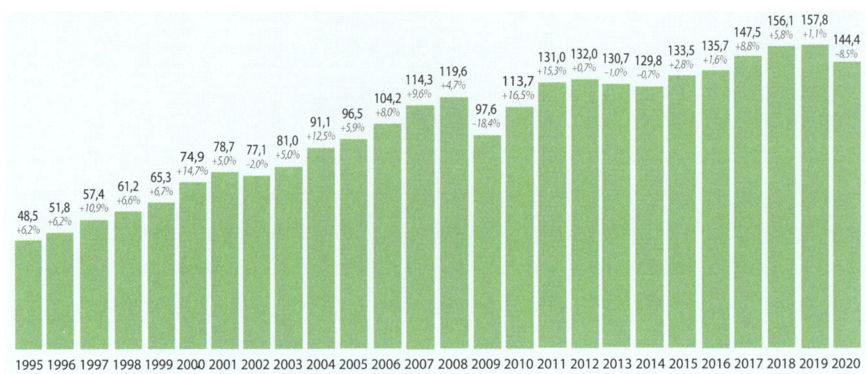

Österreichs Importe in Mrd Euro (Veränderung zum Vorjahr)

Doch paradoxerweise waren die Ängste vor den Folgen der Aufnahme der Reformstaaten in die EU in Österreich am größten unter den „alten" EU-Ländern. Der scheinbare Widerspruch ist erklärbar. So wurden manche arbeitsintensiven Produktionen von Österreich in die Reformstaaten verlagert, wo billige Löhne und günstige Steuersätze locken. Beispiel: Die traditionsreiche „Semperit"-Reifenproduktion wurde von Niederösterreich nach Tschechien verlegt.
Die neuen Märkte im Osten boten aber österreichischen Firmen auch große Chancen. So wurde der Mineralölkonzern OMV durch Aufkäufe von Firmen in Osteuropa zum Marktführer bei Raffinerien und zu einem der größten Tankstellen-Betreiber. Die Erste Bank machte viele Jahre in den neuen EU-Staaten mehr Umsatz als zu Hause und erwirtschaftet dort auch den größten Teil ihrer Gewinne. Durch die Finanzkrise und durch oft zu großzügig vergebene Kredite gerieten Österreichs Banken mit ihren Osteuropa-Töchtern aber ab 2009 in Schwierigkeiten.

Österreichische Unternehmen betreiben Einkaufscenter und Banken in Bratislava

O. Lahodynsky

Übergangsfrist durchgesetzt. In der Bevölkerung löste die Nähe zum billigen Arbeitsmarkt, wo die Löhne anfangs nur ein Fünftel der österreichischen betrugen, Ängste aus. Es wurde auch von Experten befürchtet, dass die heimischen Löhne sinken und mehr Menschen arbeitslos werden. Der Österreichische Gewerkschaftsbund und die Kammer für Arbeiter und Angestellte setzten sich deshalb für eine siebenjährige Übergangsfrist für den Zugang von Bürger/innen aus den künftigen EU-Nachbarstaaten zum österreichischen Arbeitsmarkt ein. Die Regierung unterstützte dies und verankerte die Schutzklausel in den Beitrittsverträgen mit den Reformstaaten.
Freilich kam es auch nach Auslaufen der Schutzfrist 2011 nicht zu dem befürchteten Massenandrang auf den österreichischen Arbeitsmarkt. Denn die Bereitschaft der Arbeitskräfte, im Ausland einen Job zu suchen, ist durch Sprachbarrieren und dem Wunsch, in seinem gewohnten Lebensumfeld zu bleiben, beschränkt. Die Arbeitskräfte aus den Nachbarländern füllten vor allem die Lücken im heimischen Arbeitsmarkt auf. So wurden sie beispielsweise in der Altenpflege oder im Tourismus zu wichtigen Leistungsträgern. Probleme entstanden aber bei kurzfristigen Aufträgen. Denn so müssen etwa ungarische Installationsbetriebe ihren Arbeitern für einen

Gekommen, um zu arbeiten. Die größte Gruppe von EU-Bürgern, die in Österreich eine berufliche Zukunft gesucht hat, sind Deutsche (rund 104.000) gefolgt von Ungarn (rund 90.000). Bereits etwas abgeschlagen liegen dahinter Rumänen (56.000) und Polen (42.000). (Quelle: Hauptverband der Sozialversicherungsträger 2018)

Auftrag im Burgenland nicht den österreichischen Mindestlohn bezahlen, sondern nur den niedrigeren in Ungarn. Die Gewerkschaft (ÖGB) klagte über „Lohn- und Sozialdumping".

Konfliktthema Kernenergie: Ein weiteres Konfliktthema waren die Atomkraftwerke. Österreich erreichte zwar, dass in den Beitrittsverträgen der Nachbarstaaten die Schließung veralteter und gefährlicher Atomkraftwerke verankert wurde, etwa in der Slowakei oder in Litauen oder Bulgarien, doch bei neuen Anlagen verwies die EU-Kommission auf das grundsätzliche Recht jedes EU-Staates, seine Energieträger frei zu wählen. Beim umstrittenen tschechischen Kernkraftwerk Temelín in Südböhmen konnte Österreich die Inbetriebnahme nicht verhindern, aber eine Reihe von Sicherheitsauflagen durchsetzen. Diese wurden in den Beitrittsverträgen abgesichert. Österreich erhob aber gegen neue AKW-Projekte in Großbritannien und Ungarn Klage in Brüssel, weil bei diesen unerlaubte Subventionen im Spiel seien. 2022 kündigte die österreichische Regierung auch eine Klage gegen die Entscheidung an, Kernkraft für Investoren als klimafreundliche Übergangstechnologie auszuzeichnen.

AKW Temelín

Österreichs Politik bei heiklen Themen wie der Atomkraft und innenpolitisch motivierte Störmanöver gegen die Erweiterung der EU haben in den Nachbarländern Verstörung ausgelöst. Um verlorenes Vertrauen dort zurückzugewinnen, startete die damalige Außenministerin Benita Ferrero-Waldner im Jahr 2001 die Initiative der „Regionalen Partnerschaft" mit Polen, Tschechien, der Slowakei, Ungarn und Slowenien. Nach anfänglichem Misstrauen bei den Nachbarn lief die Kooperation erst mit Verspätung an. Doch die neuen Partner verstanden, dass man in der EU gemeinsam mehr Chancen hat, Anliegen durchzubringen, als alleine. Einige kooperierten zudem im Rahmen der „Visegrad 4", dem Bündnis aus Polen, Tschechien, der Slowakei und Ungarn.

Politische Bedeutung gewonnen. Die Mitgliedschaft in der EU hat Österreich als Standort von internationalen Organisationen aufgewertet. Wien beherbergt nun mit der EU-Grundrechteagentur eine der vielen EU-Einrichtungen. In den EU-Institutionen werden immer wieder Österreicher mit leitenden Funktionen betraut: Johannes Hahn ist 2010 zum EU-Kommissar für Regionalpolitik bestellt worden. Ab 2014 übernahm er das Amt des EU-Kommissars für Nachbarschaftspolitik und Erweiterung. Die Europaabgeordneten Othmar Karas und Ulrike Lunacek bekleideten das Amt des Vizepräsidenten bzw. Vizepräsidentin des Europaparlaments. Der Finanzexperte Thomas Wieser war langjähriger Leiter der Eurogruppe Working Group und half an dieser wichtigen Stelle mit, die Finanz- und Schuldenkrise zu bewältigen. Mit Wolfgang Wosolsobe leitete ein Österreicher sogar den Militärstab der EU.

Grundrechteagentur. In Wien ist die EU-Grundrechteagentur FRA (Fundamental Rights Agency) beheimatet. Sie untersucht die Einhaltung der Menschenrechte in der gesamten EU. Ihre Arbeit ist unter anderem Grundlage für eine gemeinsame Politik gegen Rassismus, Fremdenfeindlichkeit und Antisemitismus.

EU-Kommissar für Haushalt und Verwaltung Johannes Hahn

Österreich – ein „Nettozahler"

Österreich ist in der EU ein sogenannter Nettozahler: Es zahlt mehr in die Gemeinschaftskasse ein, als von dort über diverse Fördergelder zurückfließt. Die Differenz machte in den ersten zehn Jahren der Mitgliedschaft rund 500 Millionen Euro pro Jahr aus. Zuletzt lag sie bei rund 800 Millionen Euro pro Jahr. Mit den EU-Fördergeldern wurden und werden zahlreiche Projekte in Österreich finanziert, vor allem in ärmeren Regionen wie dem Burgenland, das als „Ziel-1-Gebiet" Anspruch auf die höchsten EU-Subventionen hatte.

Zwischen 1995 und 2005 wurden aus den EU-Fördertöpfen insgesamt über drei Milliarden Euro in Österreich ausgegeben. Von 2000–2006 gab es für benachteiligte Regionen in Österreich aus der EU-Kasse Zuschüsse in der Höhe von 1,8 Milliarden Euro. Für den Zeitraum 2007–2013 sind wegen der Konzentration der Mittel auf die neuen Mitgliedsländer nur mehr 1,3 Milliarden Euro vorgesehen gewesen, für 2014 bis 2020 nur noch 600 Millionen. Künftig wird diese Hilfe auch wegen neuer Umschichtungen im EU-Haushalt weiter sinken.

Mit diesem Geld, das immer durch nationale Mittel ergänzt werden muss, wurden bisher zahlreiche Projekte finanziert.

Einige Beispiele:

- Im burgenländischen Güssing wurde ein Biomasse-Heizwerk errichtet, in dem Holz aus nachwachsenden Wäldern verbrannt wird. Von den Gesamtkosten von knapp acht Millionen Euro steuerte die EU 1,3 Millionen bei.

Dreimal Präsidentschaft. Dreimal übernahm Österreich seit dem Beitritt den sechsmonatigen Vorsitz in der EU. Das erste Mal 1998, das zweite Mal 2006 und zuletzt 2018. Vertreter des Vorsitzlandes leiten wichtige Ratssitzungen und geben einen Teil der Themen vor.

- Im niederösterreichischen Krems wurde der „Science Park" gegründet, wo moderne Betriebe mit dem Schwerpunkt Biotechnologie angesiedelt wurden. Von den sechs Millionen Euro an Kosten steuerte die EU 1,2 Millionen bei.
- Im Tiroler Ort Landeck wurde ein „Innovationszentrum" gefördert, in dem alpine Umwelttechnologie zum Schwerpunkt für viele „junge Unternehmen" wurde. Von 2,7 Millionen Euro an Kosten kamen 0,7 Millionen aus der EU-Regionalförderung.
- Aber selbst für Projekte in Wien konnten EU-Mittel eingesetzt werden. Im Rahmen des „Urban"-Programms für Stadterneuerung wurde mit über 4 Millionen Euro aus EU-Fördertöpfen das einst triste Viertel entlang des West-Gürtels mit Szene-Lokalen, Geschäften und Handwerksbetrieben unter den alten Stadtbahnbögen neu belebt.

MA 13, Hubert Dimko

Hauptbücherei Wien: mit EU-Förderung gebaut

Bilanz der Mitgliedschaft:

- Beim Exportwachstum – das ist die jährliche Steigerung an Warenlieferungen in andere Länder – liegt Österreich innerhalb der EU unter den besten EU-Ländern. Allein zwischen 2000 und 2017 sind die Exporte um 88,7 Prozent gestiegen. Seit dem Beitritt 1995 hat sich der Gesamtwert der heimischen Waren-Ausfuhren verdreifacht.
- Österreich ist inzwischen – gemessen am Bruttoinlandsprodukt pro Einwohner – das viertreichste Land in der EU. Das Bruttoinlandsprodukt pro Kopf lag 1995 bei 22.220 Euro und stieg bis 2017 auf rund 42.060 Euro.
- Die ausländischen Direktinvestitionen in Österreich – internationale Unternehmen, die sich in Österreich ansiedeln oder Firmen kaufen – haben sich seit 1995 verzehnfacht.
- Umgekehrt gehören Österreichs Unternehmen zu den größten Investoren in den neuen Mitgliedsstaaten. Seit 1995 haben sich Österreichs Auslandsinvestitionen fast jedes Jahr gesteigert. Nur wegen der Finanzkrise kam es 2010 und 2011 zu einem deutlichen Rückgang.
- Die heimische Volkswirtschaft wuchs zwischen 1990 und 2006 schneller als jene der Schweiz. Das BIP wuchs 2007 um 3,3 %, jenes der Schweiz nur um 2,4 %. Krisenbedingt wuchs das heimische BIP 2011 nur mehr um 0,4 Prozent. Ab 2017

(2,6%) stieg es wieder deutlich.

- Durch die ungehinderte Teilnahme am Binnenmarkt ersparten sich Österreichs Unternehmen seit 1995 bis zu einer Milliarde Euro pro Jahr an Zöllen und Verwaltungsaufwand.
- Trotz Schließung mancher Betriebe ist die Zahl der Arbeitsplätze in Österreich seit dem EU-Beitritt insgesamt gewachsen, 2017 auf über 3,6 Millionen. Da immer mehr Menschen in Österreich erwerbstätig sein wollen, ist allerdings die Arbeitslosenrate angestiegen. Mit 5,6 % (nach EU-Berechnung) liegt die Arbeitslosigkeit in Österreich EU-weit sehr niedrig.
- Die Teuerungsrate war nach dem EU-Beitritt deutlich niedriger als vor 1995. Aber 2007 stieg die Inflation vor allem wegen höherer Preise für Lebensmittel und Energie wieder an und betrug Anfang 2008 rund 3,5 %. Zuletzt (bis 2017) sank sie wieder auf knapp über zwei Prozent.

Für Österreichs Universitäten bedeutete die Teilnahme an den EU-Forschungsprogrammen eine bessere internationale Vernetzung. Zehntausende österreichische Studentinnen und Studenten verbrachten über das Austauschprogramm „Erasmus" einen Teil ihrer Studienzeit an ausländischen Unis. Seit einem Urteil des EU-Höchstgerichts im Juli 2005 kam es in der Folge zu einem Andrang von Studenten aus Deutschland an heimischen Universitäten, vor allem beim Medizinstudium. Inzwischen gibt es in einigen Fächern wie Medizin oder Psychologie ein Quotensystem für Österreicher/innen bzw. für Inhaber österreichischer Maturazeugnisse.

Österreich ist zu einem wichtigen Mitglied der Europäischen Union geworden. Der Wirtschaftswissenschaftler Fritz Breuss fasste zum 20. Jubiläum der österreichischen Mitgliedschaft die Vorteile des Beitritts in einem „Policy Brief" für die Österreichische Gesellschaft für Europapolitik zusammen. Darin heißt es: „Der EU-Beitritt Österreichs hat nicht nur das BIP pro Kopf gesteigert. Wohlfahrtssteigerung durch mehr EU-Integration muss umfassender gesehen werden. Auch eine größere Auswahl (Variation) an Produkten und Dienstleistungen sowie die Möglichkeit der Ausschöpfung zusätzlicher individueller Freiheiten (die vier Freiheiten des Binnenmarktes, insbesondere die Arbeitsfreizügigkeit und Schengen) erhöhen die Arbeitsmobilität und das passfreie Reisen; letzteres wird auch erleichtert durch den Euro."
(Quellen: Statistik Austria, OENB, WKO)

Am 1. Juli . 2018 übernahm Österreich – nach 1998 und 2006 – zum dritten Mal für ein halbes Jahr den Vorsitz in der EU. Neben wirtschaftlichen Herausforderungen für die EU durch eine zunehmende Globalisierung, nahm sich die Bundesregierung vor, auch das Sicherheitsbedürfnis der EU-Bürger zu verbessern. Deshalb wurde ein Sondergipfel in Österreich zu Innerer Sicherheit und illegaler Immigration einberufen.

Wissens-Check:

1 Welche Organisation ist die EFTA?

1. Die Atomare Kontrollorganisation in Europa
2. Die Europäische Freihandels-Assoziation
3. Die Europäische Organisation für fairen Handel
4. Die Europäische Vereinigung für Tierschutz

2 Wann hat Österreich um EU-Mitgliedschaft angesucht?

1. 1960
2. 1979
3. 1989
4. 1995

3 Warum hat Österreich mit dem Beitritt zur EU gezögert?

1. Weil es wirtschaftlich zu schwach war.
2. Weil es befürchten musste, dass die Schweiz sonst nicht auch beitreten könnte.
3. Weil es sich nach dem Zweiten Weltkrieg als neutraler Staat definierte.
4. Weil es auf die Nachbarländer im Osten warten wollte.

Aufgabenstellung:

Beschreiben Sie einige Vorteile der EU-Mitgliedschaft Österreichs und auch einige der Problemfelder. Erklären Sie einem Schweizer, der nicht sicher ist, ob sein Land der EU beitreten soll, was Ihrer Meinung dagegen und was dafür spricht.

Internet-Aufgabe:

Besuchen Sie die Homepage der Vertretung der Europäischen Kommission in Österreich: ec.europa.eu/austria/. Hier finden Sie aktuelle Themen der EU. Fassen Sie ein spezielles Thema zusammen, das einen Bezug zu Österreich hat. Beispiel: Eine Eurobarometer-Umfrage mit Österreich-Ergebnissen (wenn gerade vorhanden).

Debatte:

Österreich ist seit vielen Jahren Mitglied der EU. Ziehen Sie mit mehreren TeilnehmerInnen Bilanz, ob sich diese Mitgliedschaft für das Land bewährt hat. Was würde Österreich verlieren, wenn es nicht mehr Teil der EU wäre? Welche Vorteile bzw. Nachteile könnte Österreich haben, wenn es sich ähnlich wie Großbritannien von den EU-Partnern trennt und seinen eigenen Weg geht?
Vorbereitungszeit: 10 Min.

Selbstkontrolle:

Ich …	+	+/–	–
… kenne die Vorgeschichte des EU-Beitritts von Österreich			
… kann Vorbehalte aufzählen, die es zum EU-Beitritt gab			
… kenne die Politiker, die einst den Beitritt betrieben haben			
… weiß, welche Probleme es bei den Beitrittsverhandlungen gab			
… kenne die wichtigsten Änderungen für Österreichs Wirtschaft			
… kann die wirtschaftliche Entwicklung seit dem EU-Beitritt zusammenfassen			

Anhang

Die EU ist nicht nur eine Wirtschaftsgemeinschaft, auch nicht nur eine politische Union. Sie bietet jedem einzelnen Bürger eine Vielfalt an Chancen. Besonders junge Menschen können auf ein großes Angebot an praktischer und finanzieller Hilfe zurückgreifen, wenn sie beispielsweise in einem anderen EU-Land studieren oder sich weiterbilden wollen.
Der folgende Überblick ist speziell auf Interessen junger Menschen abgestimmt. Er soll dazu einladen, eines der vielfältigen Angebote tatsächlich wahrzunehmen. Weil die folgenden Seiten nicht ausreichen würden, um vollständig über die einzelnen Programme zu informieren, bietet dieser Anhang auch eine Vielzahl an Internet-Tipps.

Die wichtigsten EU-Institutionen im Internet:
Europäisches Parlament: www.europarl.europa.eu/portal/de
Europäische Kommission: ec.europa.eu/commission/index_de
Rat der Europäischen Union: www.consilium.europa.eu/de/council-eu/

FÜR SCHÜLER/INNEN

Partnerschule finden:
Europaweit spannt sich bereits ein Netz an Partnerschulen, die eng kooperieren. Der Vorteil für die teilnehmenden Schüler ist vielfältig. Sie lernen andere Kulturen kennen und können bereits in jungem Alter internationale Kontakte aufbauen. Das EU-Programm „etwinning" unterstützt Schulpartnerschaften sowie die Erst- und Weiterbildung von Lehrkräften. Zahlreiche Schulen haben sich bereits in einem eigens eingerichteten Internet-Portal angemeldet. Hier können Partnerschulen vermittelt werden und auch Informationen über bereits bestehende Schulpartnerschaften und deren Projekte abgefragt werden. www.etwinning.net/

Schüleraustausch:
Schüler und Schülerinnen, die mindestens 14 Jahre alt sind, können mit Erasmus+ bis zu einem Jahr an einer Partnerschule in einem Programmland verbringen. Teilnehmende Schüler/innen werden von Lehrkräften sowohl ihrer Heimatschule als auch der Partnerschule vorbereitet und begleitet.
https://erasmusplus.at/de/

Besuch im Europaparlament:
Schulen und Jugendliche, die gerne einmal das Europaparlament besuchen möchten, werden von den nationalen Informationsbüros dabei tatkräftig unterstützt. „Euroscola" heißt das wichtigste Besucherprogramm. Ziel ist es, dass Schüler mehr über die europäische Integration erfahren können, indem sie sie selbst erleben. Für die Veranstaltungen werden Schüler aus allen 28 Mitgliedstaaten der EU ausgewählt, die dann für einen Tag Mitglied des Europäischen Parlaments in Straßburg werden - und zwar direkt vor Ort. Sie debattieren im Plenum und in Ausschusssitzungen über aktuelle Themen und nehmen an Abstimmungen über Entschließun-

gen teil. Dabei setzen sie ihre Sprachkenntnisse ein und lernen andere Schüler aus ganz Europa kennen. Ihre Lehrer haben die Möglichkeit, KollegInnen zu treffen und sich über Unterrichtsmethoden auszutauschen.
https://www.europarl.europa.eu/austria/de/jugend/school/euroscola.html

Teilnahme am Europäischen Jugendparlament:
Das European Youth Parliament (EYP) organisiert jährlich mehr als 300 Debattierveranstaltungen in Form von Simulationen des Europäischen Parlaments und erreicht damit rund 28.000 Jugendliche. Zielgruppe sind Schüler und Schülerinnen ab 16 Jahren mit ausreichend guten Englischkenntnissen. Sie lernen selbst die inhaltliche Arbeit von Abgeordneten kennen und haben die Möglichkeit, ihre eigenen Anliegen in die Politik einzubringen.
Kontakt: Europäisches Jugendparlament Österreich
Lassingleithnerpatz 2/3
A-1020 Wien
E-mail: info@eypaustria.org
http://eyp.at

Bildung und Ausbildung auf europäischer Ebene:
Auf dieser Webseite findest du einen Überblick über die Tätigkeiten der Europäischen Kommission im Bereich Bildung und Ausbildung: Informationen über verschiedene Programme, die europäische Kulturhauptstadt, Nachrichten und Informationen auf europäischer Ebene:
https://education.ec.europa.eu

FÜR STUDENTEN/INNEN
Studienaufenthalt in der EU:
Im Rahmen des EU-Bildungsprogramms „Erasmus+" können StudentInnen einen Studienaufenthalt in einem europäischen Land verbringen, der auch im Herkunftsland anerkannt wird. Auch Hochschullehrer können diese Möglichkeit in Anspruch nehmen, um das universitäre System eines anderen Staates kennenzulernen.

Derzeit nehmen über zweitausend Hochschuleinrichtungen in 33 Ländern an „Erasmus+" teil. Seit der Einführung des Programms im Jahr 1987 sind vier Millionen Studierende, Schüler, Lehrlinge und Lehrende in den Genuss eines „Erasmus"-Aufenthalts im Ausland gekommen. Die Bewerbung für einen „Erasmus+"-Aufenthalt erfolgt bei der Heimathochschule in Österreich. Je nach Größe und Typ der Hochschule gibt es verschiedene Bewerbungsfristen und Abläufe.
Für Detailinformationen wenden Sie sich bitte an der Heimathochschule an das jeweilige Büro für internationale Beziehungen der Hochschule.

So hilft „Erasmus“ bei Studienaufenthalten in einem anderen europäischen Land:

- Auslandsstudium von 3 bis 12 Monaten (zwischen dem 1. 7. eines Jahres und dem 30. 9. des Folgejahres) an einer Partnerhochschule der Heimatuniversität in einem EU-Mitgliedsstaat sowie in Norwegen, Island, Mazedonien, Türkei und Liechtenstein.
- Befreiung von Studiengebühren an der Gastinstitution
- Akademische Anerkennung der im Ausland erbrachten Studienleistungen
- Zahlung eines Mobilitätszuschusses (je nach Land maximal 450 € monatlich)
- für behinderte Studierende stehen in begrenztem Maße Sondermittel für die auslandsbedingten Mehrkosten zur Verfügung
- Unterstützung bei der fachlichen und sprachlichen Vorbereitung auf den Auslandsaufenthalt und in der Regel Betreuung durch die Gastinstitution bezüglich Unterkunft, kultureller Angebote usw.

https://bildung.erasmusplus.at/hochschulbildung/
https://erasmusplus.at

Erasmus-Studentennetz

Die nationalen Informationsblätter dieser europaweiten Studentenorganisation bieten nützliche Informationen für StudentInnen, die im Ausland studieren wollen. Ferner ermöglichen sie die Kontaktaufnahme zu anderen StudentInnen aus ganz Europa: www.esn.org/

iAgora Erasmus und Informationen zum Studium im Ausland

Wollen Sie im Ausland studieren und brauchen Sie praktischen Rat? Lesen Sie hier über Erfahrungen mit „Erasmus+“, CEMS und anderen internationalen Austauschprogrammen für StudentInnen. Oder nehmen Sie Kontakt zu anderen Studentinnen in iAgora auf:
www.iagora.com/istudy

Berufspraktikum in der EU

Erasmus+ unterstützt auch berufliche Auslandspraktika. Als Auslandspraktikant kommen Schüler und Schülerinnen berufsbildender Einrichtungen, Lehrlinge und deren Begleitpersonen in Frage. Ebenfalls teilnehmen kann, wer ein Auslandspraktikum binnen eines Jahres nach Abschluss seiner Ausbildung absolvieren möchte. Die Initiative geht von den beruflichen Ausbildungseinrichtungen aus, die mit Ausbildungsstätten im EU-Ausland kooperieren möchten.
https://oead.at/de/ins-ausland/berufsbildung

Praktika in den EU-Institutionen

Die EU-Kommission organisiert zweimal jährlich fünfmonatige Praktika (französisch: stages) für junge Hochschulabsolventen aus den Mitgliedsstaaten sowie Staatsangehörige von Partnerstaaten. Jeweils ab 1. März und 1. Oktober können die Praktikanten in einer der Kommissionsdienststellen Berufserfahrung sammeln. Voraussetzung ist neben einem Hochschulabschluss die Kenntnis einer weiteren EU-Sprache neben der Muttersprache. Bewerber dürfen nicht älter als 30 Jahre sein. Die Bewerbungen müssen via Internet über folgende Website erfolgen: ec.europa.eu/stages/

EU-Informationen im Internet
Eine aktuelle Internetplattform über das **tägliche Geschehen** in Brüssel bietet der EUObserver. Hier finden sich exklusive Berichte als auch die Zusammenfassung von aktuellen Medienberichten über die EU: euobserver.com/
Insiderartikel über das politische Geschehen in Brüssel bietet das Magazin „Politico" auch über seine digitale Ausgabe: https://www.politico.eu
Gut geordnet und mit **aktuellen Ereignissen** bestückt bietet Euractiv einen täglichen Überblick über die Ereignisse in der EU: www.euractiv.com/ Auf deutsch: www.euractiv.de

Grundlegende Informationen über die EU gibt es auf der Homepage der Europäischen Union. Hier sind sämtliche Links zu Förderprogrammen, Politikfeldern und Institutionen zu finden: europa.eu/index_de.htm
Wer einmal in den Verträgen der Europäischen Union blättern möchte, findet diese auch im Internet: http://eur-lex.europa.eu/homepage.html
Die Wirtschaftskammer Österreich bietet auf ihrer Homepage grundlegende Informationen zur Europäischen Union. Hier werden auch aktuelle wirtschaftsbezogene Themen umfassend beleuchtet: wko.at/eu
Die Österreichische Gesellschaft für Europapolitik veröffentlicht auf ihrer Homepage www.euro-info.net aktuelle Studien und Meinungsumfragen zu EU-Themen. Dort erfährt man auch aktuell, wie österreichische EU-Abgeordnete zu bestimmten Themen abgestimmt haben.

Kontakte zu EU-Institutionen in Österreich
Die Vertretung der Europäischen Kommission in Österreich ist der erste Ansprechpartner, um Informationen über die Tätigkeitsfelder der EU, über Förderungen und mögliche Berufskarrieren in der Union zu erhalten.
Haus der Europäischen Union, Wipplingerstraße 35, 1010 Wien, Tel. (01) 516 18/0, ec.europa.eu/austria
Das Informationsbüro des Europäischen Parlaments für Österreich bietet zahlreiche Informationen über die Tätigkeit des EU-Parlaments. Das Büro kann auch Kontakte zu österreichischen Europaabgeordneten herstellen.
Haus der Europäischen Union, Wipplingerstraße 35, 1010 Wien,
Tel. (01) 516 17/0, www.europarl.at,
https://austria.representation.ec.europa.eu/index_de

Lösungen Wissens-Check

Seite 39

1.3. Das Treffen aller EU-Staats- und Regierungschefs – auch EU-Gipfel genannt

2.4. Die Europäische Kommission

3.2. Die gesamten Zahlungen minus der Rückflüsse in Form von Förderungen und Hilfen

4.3. Ständige Vertreter

5.3. Für die Erstellung der Tagesordnung des Europaparlaments und dessen jährlichen Arbeitskalender

5.4. Für die Leitung der Sitzungen des Europaparlaments und die Vertretung des Europäischen Parlaments nach außen

Seite 78

1.2. Das Recht, sich überall in der EU aufzuhalten, anzusiedeln und an kommunalen Wahlen teilzunehmen

2.3. Petersberg-Aufgaben

3.1. Stabilitäts- und Wachstumspakt

4.4. Sicherung der Versorgungslage mit Grundnahrungsmitteln

Seite 99

1.3. Die Erklärung Robert Schumans zur Gründung einer Gemeinschaft für Kohle und Stahl

2.4. EU-weite Einsätze für Polizeibeamte

3.2. Die Abschaffung der Grenzkontrollen an den Binnengrenzen

4.1. OECD

5.2. 55 Prozent der Mitgliedsstaaten und 65 Prozent der Gesamtbevölkerung

6.2. Mazedonien, Montenegro, Serbien, Türkei, Albanien, Bosnien und Herzegowina sowie das Kosovo

Seite 122

1.2. Die Europäische Freihandels-Assoziation

2.3. 1989

3.3. Weil es sich nach dem Zweiten Weltkrieg als neutraler Staat definierte.